KB046442

우리는 글쓰기를 너무 심각하게 생각하지

우리는
글쓰기를
너무 심각하게
생각하지

매일 쓰는 사람
정지우의
쓰는 법,
쓰는 생활

정지우

문예출판사

정지우 작가는 내가 아는 사람들 중 가장 강력한 글의 옹호자이다. 그가 그럴 수 있는 이유는 그가 글에 대해 막연한 환상을 가진 사람이어서가 아니라, 글의 모든 면면을 진진하게 겪어온 사람이기 때문이다. 그와 알아온 10년이 넘는 시간 동안 그는 단 한 순간도 작가가 아니었던 적이 없으며, '작가'라는 말이 '글을 쓰는 사람'을 가리킨다는 것을 잊은 적도 없다. 글이 곧 삶이었고 삶이 곧 글이었던 그가 글쓰기에 대해 쓴 책은 기대만큼 반갑다. 글쓰기란 무엇인지, 글쓰기가 우리에게 무엇을 해줄 수 있는지, 글이 어떻게 삶이 될 수 있는지 궁금하다면 이 책이 큰 도움이 될 것이다.

— 김겨울 작가, 유튜버

정지우의 문장은 묘하다. 늘 낮고 부드러운 목소리지만, 읽는 이의 심장을 움켜잡는 악력은 가공할 정도다. 정지우는 이 책에서 '글 쓰는 몸'에 대해 이야기한다. 글쓰기에 관한 책이지만, 그는 글을 쓰는 노-하우(know-how)에 대해선 그다지 집중하지 않는다. 대신 '글을 쓰는 노-와이(know-why)'에 대해 이야기한다. '왜'에 관한 고민 없이 '어떻게'에만 집착해온 습관이, 글을 쓰는 우리의 태도에도 고스란히 반영되었음을 깨닫게 한다. 바로 이런 부분은 여타의 글쓰기 책들과 이 책이 확실히 구분되는 지점이다. "글 쓰는 당신은 더 이상 외롭지 않고 병들지 않을 것이다"라는 정지우의 말을, 나는 망설임 없이 믿는다.

— 김성신 출판평론가

글 쓰는 '몸'을 만드는 일

글쓰기에 대한 강연이나 수업을 할 때면, 나는 종종 이야기한다. 글쓰기 강연을 듣는 것은 사실 글을 잘 쓰는 데 거의 도움이 되지 않을 거라고, 또한 글쓰기에 관한 책을 찾아 읽는 것도 마찬가지일 거라고 말이다. 글을 잘 쓰고 싶어 하는 많은 사람이 대개 강연이나 책을 먼저 찾지만, 내가 아는 한 글쓰기에 결정적인 도움을 줄 만한 강연이나 책은 존재하지 않는다. 마치 수영을 잘하고 싶은데 온라인 강의를 보거나 책을 찾아 읽는 것이 별반 도움이 되지 않는 것처럼, 글쓰기도 마찬가지라고 생각한다.

그 이유는 많은 사람이 생각하는 것과 다르게, 글쓰기란 '머리'로 하는 것이라기보다는 '몸'으로 하는 것에 가깝기 때문이다. 나는 글쓰기가 몸에 익은 습관 같은 것이고, 몸으로 삶을 살아내는 일이며, 몸이 머리를 이끌고 가는 일이라 믿고 있다. 그렇기에 사실 글쓰기를 꾸준히 할 수 있는 비법, 글쓰기를 남

다르게 해낼 수 있는 방법을 '머리로' 배운다는 것은 거의 불가능하지 않을까 싶다. 매일 아침 일어나 피아노 연주를 하거나, 매일 저녁 강변을 달리거나, 매일 밤 춤을 추는 일처럼, 글 쓰는 일도 일상의 어느 영역에 밀착되어, 몸이 하는 일이다.

언젠가부터 나는 매일 글을 쓴다. 관용적으로 하는 말이 아니라, 실제로 매일 글을 쓴다. 물론 불가피하게 쓰지 못하는 날도 있지만, 한 해에 글을 쓰지 않는 날이 열흘을 넘지 않는 건 분명하다. 누군가는 그것이 무언가 성취하고자 하는 지나친 욕심이라고, 마음의 결핍을 채우려는 병적인 강박이라고 말할지도 모르겠다. 그러나 내가 하나 확신할 수 있는 것은, 설령 글쓰기가 내게 현실적인 이익을 뚜렷하게 주지 않더라도, 나는 글을 써왔고 쓸 것이라는 점이다. 또한 글쓰기는 나를 병들게 하거나 병든 상태에 머물게 하기보다는, 늘 내 삶에 더 나은 지평을 열어주었고, 나를 더 건강한 순환 속에 들어서게 했다.

이 책에 실린 글들은 그렇게 담아낸 '글쓰기'에 관한 증언들에 가깝다. 나는 지금껏 해온 글쓰기의 거의 모든 지평에 관해 이 책에서 이야기했다. 글쓰기가 나를 어떻게 치유했는지, 때로는 어떻게 나를 살려냈는지, 어떻게 나를 새롭게 했으며 나에게 위로가 되었는지, 어떻게 나는 글쓰기를 매일 이어오게 되었는지, 그런 글쓰기를 둘러싼 거의 모든 이야기를 담았다. 물론 세상에는 글쓰기에 대해 나와 다르게 생각하는 사람도 있을 것이고, 나보다 더 깊고 넓은 차원에 관해 아는 사람도 있을 것이다. 그러나 적어도 20여 년간 소설, 인문서, 에세이, 칼럼, 서평, 평론, 동화 등 손길 닿는 대로 끊임없이 글을 써온 사람의 증언으로서 여기 모인 글들에 나름의 가치가 있으리라 믿어본다.

물론 이 책에는 지금껏 수년간 글쓰기 수업을 하면서 나름대로 사람들에게 도움이 되었다고 믿는 몇 가지 조언이나 제안도 담겨 있다. 어쩌면 누군가는 그런 몇 가지 구체적인 방법을 참고하여 더 나은 글쓰기로 나아갈 여지가 있을지도 모르겠다. 그러나 나는 글쓰기에서 더 핵심적인 것은 먼저 글 쓰는 '몸'을 만드는 일이라고 믿고 있다. 어떤 구체적인 구상을 가지고 자리에 앉기보다는, 일단 자리에 앉으면 먼저 손가락이 움직여나가고, 그래서 손이 마음을 이끌고, 마음이 머리를 이끄는 그런 '자세'에 대해 아는 것이 언제나 글 쓰는 일의 출발점에 있지 않을까 싶다.

글을 쓰는 사람들은 백지라는 바다를 헤엄치는 해녀들과 같다. 해녀들도 때로는 저 요동치는 바다가 두렵고, 어떤 위험이 도사리고 있을지 모르는 해저에 들어가기가 망설여질 것이다. 몸이 바닷물에 닿는 순간부터 짙어지는 차가움, 빛이 옅어지고 시야가 흐려지는 바닷속, 언제든 몸에 생채기를 내거나 치명적인 상처를 입힐지 모르는 바위와 언제 자신을 휩쓸어가버

릴지 모를 파도에 막막함을 느끼기도 할 것이다. 그러나 그들은 바닷속으로 뛰어들고, 평생 해온 일을 오늘도 해낸다. 글 쓰는 사람도 때로는 백지 앞에서 느끼는 공포와 막막함에 몸부림치다가도, 손을 키보드에 올려놓고, 첫 문장을 적어내고 또 다음 문장을 적어내다보면, 어느덧 자신이 그 익숙한 바닷속에 들어왔다는 사실을 깨닫는다.

내가 가장 이야기하고 싶은 것은 그런 글쓰기의 바다를 헤엄치는 일에 관해서다. 바다에 들어가는 일, 그렇게 바다를 헤엄치는 일, 그러고 나서 전복이나 소라 같은 무언가를 건져내어 바다 밖으로 나오는 일에 관해 이야기하고자 한다. 나는 오래전부터 글 쓰는 사람들의 동료의식 혹은 먼 우정, 아니면 느슨하게 이어진 연대라는 것을 믿어왔다. 글 쓰는 사람들은 새벽의 책상 앞이나 오후의 어느 구석진 벤치에 앉아, 혹은 만원 지하철의 사람들 틈새에 끼어 서서 저마다의 백지를 마주하고 있을 것이다. 그들은 언뜻 고독해 보이고, 홀로 작은 세계를 마주하고 애쓰는 것처럼 보이지만, 실은 그 백지가 이 세계 전체와, 특히 글을 읽고 쓰는 사람들과 이어져 있다. 이 책은 그렇게 글 쓰는 모든 사람에게 바치고 싶은 헌사이기도 하다. 글 쓰는 당신은 더 이상 외롭지 않고 병들지 않을 것이다. 그 백지 안에는 나와 당신이, 그리고 세계가 있다.

차례

프롤로그 글 쓰는 '몸'을 만드는 일 (6)

3장 쓰는 생활 ── 그것을 믿는 사람은 이미 작가다

1장 § 쓰는 법

— 삶은 어떻게 글이 되는가

첫 문장을 기다린다

나는 글을 쓸 때, 대개 첫 문장을 기다린다. 어떤 글이든 첫 문장이 떠오르면, 그 첫 문장 속에 담겨 있는 힘으로 써나갈 수 있다. 가장 괴로운 건 첫 문장이 떠오르지 않는 글을 써야 할 때다. 대개 의뢰받은 경우 그런 글을 쓰게 되는데, 억지로 쓰다보면 쓰는 일 자체가 매우 괴롭기도 하고 그다지 좋은 글이 나오지도 않는다. 그러면 글을 쓰다가 중간쯤에서 다시 첫 문장을 잡고 글을 쓰는 경우도 왕왕 있다. 그러나 특별히 그런 경우가 아닌 한, 내가 글을 쓸 때는 '첫 문장'이 내게 왔을 때다.

첫 문장이 떠오르면, 글을 쓰고 싶어서 마음과 손이 근질거린다. 이 첫 문장에 이어지는 한 편의 글이 어떤 것일지 스스로 궁금하기 때문이다. 나는 글을 쓸 때, 그 속에 담길 모든 내용을 미리 메모하거나 계획해놓고 쓰지는 않는다. 오히려 첫 문장 외에는 아무것도 없는 상태에서 글을 쓰는 경우가 대부분이다. 뭐랄까, 첫 문장이라는 두루마리를 어딘가에서 받으면, 글 쓰는 일은 그냥 그 두루마리를 풀어놓는 일처럼 느껴진다. 그것이 흑백인지 컬러인지, 그림인지 글인지, 평면인지 입체인지도 알 수 없는데, 글을 써나가다보면 비로소 알게 된다.

그래서 나에게 글쓰기란 문장을 하나하나 개척해가는 일이라기보다는, 무언가를 받아적는 일에 가깝다. 대개 말하는 건 내 마음이다. 그러면 나는 그냥 마음이 풀어지는 대로 내버려둔다. 가끔은 두루마리가 펼쳐지다가 무언가 걸려서 잘 안 펼쳐지기도 하는데, 잠시 기다리면 또 풀어져 나오기도 한다. 그러다보니 글쓰기 자체가 무언가 대단한 피로도를 요하거나, 머리를 엄청나게 쓰는 일처럼은 잘 느껴지지 않는다. 물론 이건 역시 어디까지나 내가 흔히 쓰는 '에세이'와 관련된 것이고, 다른 종류의 글들은 정말 힘들게 쓰기도 한다. 특히 학문이나 참고자료가 얽히기 시작하면 그렇게 간단하게 써지지는 않는다.

지금까지 나는 참 다양한 글쓰기를 해왔다. 소설, 평론, 논문, 칼럼, 에세이, 때로는 학원 교재나 인터뷰집 같은 것도 만들어봤고, 각종 논설문, 요약 자료, 요즘에는 법률 의견서까지 써보고 있다. 그런데 그중에서 내가 가장 편안하게 쓰는 건 역시 에세이인데, 아마도 나에게는 이런 글쓰기가 가장 어울리기 때문이 아닐까 싶다. 온갖 글을 써보다가 에세이가 내게 어울리는 글쓰기라는 걸 알게 되었다. 그러다보니 에세이를 많이 쓰기도 하고, 어렵지 않게 쓰기도 한다. 그리고 그런 글쓰기로 나온 글들이 다른 사람들에게도 좋게 느껴지는 듯하다. 글쓰기 영역에서도 자기에게 어울리는 자리 하나 찾는 게 참 중요하지 않나 싶다.

그런데 그 '자리 하나' 찾기까지 참 쉽지 않았다. 에세이를 쓴 것도 대략 서른 이후였으니, 그전에 15년 이상 온갖 글을 쓴 셈이다. 15년간 쓴 글들을 다 합치면 A4 1만 장은 족히 넘을 것이다. 온갖 어색함과 어려움, 지리멸렬함을 견디고 계속 써본 덕분에, 나름대로 내게 맞는 영역, 스타일, 깊이, 내용 같은 것도 꽤나 알게 된 셈이다. 물론 이것도 한 시절의 일일 수 있고, 또 다음 시절에는 그 시절에 어울리는 글쓰기가 내게 주어질지도 모르지만 말이다. 세상일이란 대개 그런 게 아닌가 싶다. 자기에게 꼭 맞는 무언가를 부지런히 찾아가야 간신히 어느 정도 자기에게 어울리는 걸 알게 된다는 점에서 말이다. 사람이든, 사랑이든, 일이든, 글쓰기든 크게 보면 다르지 않은 구석이 있다.

시작할 동기

    인생에서 어떤 일을 해야만 하거나 하고 싶을 때, 쓸 수 있는 약간의 팁이 있다. 많은 사람이 무언가를 하고자 하면, 그것 자체에 대단한 의미를 부여하고, 그 의미를 되새기려 애쓴다. 운동을 하면서 건강의 중요성을 되새긴다든지, 공부를 하면서 그 공부 자체의 유익함을 생각한다든지, 글쓰기를 하면서 글쓰기 자체에 의미 부여를 하고자 애쓴다든지, 악기 연주를 하면서 연주 자체의 효용에 대해 생각해보는 것이다. 그런 식의 동기 부여가 성공해서 그 일을 잘해나가는 사람들도 있겠지만, 적어도 내가 그런 식으로 무언가를 잘해낸 적은 별로 없는 것 같다.

    먼저 사소한 이야기를 하나 해보면, 나는 요즘 거의 매일 계단을 오른다. 우리 집은 건물에서 높은 층에 있는데, 사흘에 한 번 정도 엘리베이터를 타고, 나머지는 걸어서 올라간다. 계단을 오르면 건강에 좋다는 사실을 이전부터 알고 있었고, 늘 운동 부족에 시달려 집에 돌아갈 때만큼은 종종 계단을 올라야겠다고 마음먹었었다. 그러나 그런 의지는 '괜히 계단을 올랐다가 피곤해서 저녁 시간을 망칠 거야', '괜히 내일 더 피곤해서 손해를 볼 거야' 같은 합리화에 가로막혔다. 그런데 요즘에는 거의 매일 계단을 오르내린다. 그 이유는 계단과 복도에 있는 모기를 잡기 위해서다.

전자 모기채를 하나 들고 계단을 오르면서 벽과 천장에 붙은 모기들을 잡는다. 일단 모기를 잡는 건 꽤 재미있다. 또 내가 이렇게 모기를 열심히 잡으면, 내 아이를 물 수도 있었을 한 마리를 죽이는 셈이 되겠지, 하는 생각이 든다. 모기도 잡고, 아이도 지키고, 내 건강도 챙기니 일석삼조다. 그러니 매일 계단을 오르게 된다. 몇 년간 마음은 있어도 안 되던 일이 비로소 되는 것이다. 그런데 이런 계단 오르기가 가능해진 건 어디까지나 '건강 챙기기'가 아니라 '모기 잡기'라는 부수적인 의미 덕분이다.

삶에서 이와 비슷하게 할 수 있는 일들이 정말 많다. 세상에는 글을 잘 쓰고 싶어 하거나 글쓰기를 꾸준히 하고 싶어 하는 사람들이 많은데, 대부분은 성공하지 못한다. 나는 그 이유가 주로 글쓰기에 '부수적인 욕망'을 붙이지 못하기 때문이라고 생각한다. 만약 내가 좋아하는 사람들이 모이는 글쓰기 모임이 있다면, 꼭 글쓰기 그 자체 때문이 아니라 그 사람들을 보고 싶어서 모임에 나가게 되고, 글을 쓰게 될 수도 있다. 아니면 크고 작은 공모전들을 찾아보고 상금이 10만 원이라도 있는 공모전을 목표로 하면 의외로 매일 글쓰기 연습이 가능해지기도 한다. 그런 식으로 무언가를 할 때는 거기에 접목시키는 부수적인 욕망과 의미가 그 일 자체를 이끌고 가는 경우가 많다.

실제로 작가들의 자서전이나 고백 에세이를 읽어보면, 글쓰기의 동기라는 건 여자친구한테 편지를 쓰면서, 당시에는 글 잘 쓰는 사람이 인기가 많았기 때문에, 글을 쓰면 돈을 많이 벌 수 있을 줄 알고, 같은 이유에서 출발한 경우가 대단히 많다. 도스토옙스키만 하더라도 그가 도박중독자가 아니었다면, 그래서 매번 도박 빚에 쫓기지 않았다면, 인류사에 길이 남을 작품을 몇 편이나 남겼을지 의문이다. 공부도 마찬가지인데, 늦게 공부를 시작하는 많은 사람이 공부 자체에서 어떤 의미나 즐거움을 얻으려고 하지만, 실제로 공부를 많이 해서 박사학위를 따고 교수가 된 사람 중에는 '다른 욕망'이 더 큰 사람들도 많다. 명예욕이라든지 권력욕이라든지 하는 것들이 오히려 누군가를 공부하게 만든다.

그러므로 무언가를 하고 싶은데 좀처럼 잘 안 된다면, 거기에 다양한 목적을 덧붙여보면 좋다. 운동을 하고 싶은데 잘 안 되면, 운동하는 시간을 내가 좋아하는 팟캐스트 듣는 시간이라 생각하면 된다. 책을 읽고 싶은데 잘 안 되면, 책 읽는 시간이 나의 강아지를 쓰다듬어주는 시간이라고 생각하면 좋다. 요리를 하고 싶은데 잘 안 되면, 요리하는 시간만큼은 내가 좋아하는 노래를 마음껏 들을 수 있는 시간이라 생각해도 괜찮다. 사실, 많은 중요한 일이 그런 식으로 이루어진다. 아니, 많은 중요한 일이 그런 식이 아니면 아예 이루어지지 않기도 한다.

시선의 힘을 드러내는 일

글쓰기는 글쓴이의 시선의 힘을 드러내는 일이다. 같은 대상을 응시하더라도 오직 글쓴이만이 지닐 수 있는 시선으로 그 대상을 보듬고, 살려내고, 규정하는 것이 곧 글쓰기다. 그래서 글쓰기란 곧 어떤 시선을 지녔는지와 다르지 않다. 나의 어머니, 나의 기억, 내가 사랑하는 어느 풍경과 순간에 대해 나만의 시선을 드러내는 일이다.

시선을 잘 담아내기 위해서는 그 대상을 이해하는 자신의 맥락을 써야 한다. 자기만의 맥락 없이 대상 자체를 그저 기술할 경우, 자기만의 시선이 드러나기 어렵다. 결국 자기의 시선이란 자기의 맥락과 다르지 않다. 길가에 핀 꽃이 예쁘다, 아름답다, 알록달록하다, 라고 기술하는 것은 시선을 담은 글쓰기가 아니다. 오히려 그 꽃이 왜 그날, 그 순간, 그때의 나에게 아름답게 보였는지 '자신만의 맥락'을 쓸 필요가 있다.

이를테면 오늘 내가 회사에서 겪은 어떠한 일, 가족의 힘

겨운 사정, 혹은 내 삶 전체에서 오늘의 의미, 내가 앞으로 나아
갈 미래에서 오늘의 위치 같은 것들을 서술하며, 내가 그 '거리'
를 걷게 된 맥락과 그 거리를 걸을 때의 심정을 이야기하고, 그
때 내 눈에 발견된 그 꽃에 관해 이야기하는 것이 '맥락을 쓰는
일'이다. 그런 나의 맥락에 나타난 꽃의 아름다움을 이야기할
때, 그 글은 자신만의 시선을 가지게 되며, 특별함과 고유함을
지니게 된다. 자신의 시선을 갖는다는 것은 모든 순간에 대해
그 맥락을 스스로 짚어나가고 보듬어나가는 일이다.

　　사람이든 사물이든 풍경이든 어떤 대상에 대해 글을 쓸 때
는 그 대상으로부터 출발해야 한다. 내 안의 어떤 당위, 기준, 편
견 같은 관념이 앞서면, 결국 대상은 수단으로 전락해버린다.
가령 내 안에 '행복'이라는 기준을 미리 정해두고 누군가에 대
해 쓴다면, 그는 내 행복의 기준에서 '옳음' 혹은 '그름'으로 규
정될 뿐이다. 글쓰기는 대상으로부터 출발하여, 대상을 매만지
면서, 대상의 여러 틈새와 세부들을 드러내어, 결과적으로 의미
에 이르는 일이다.

　　대상을 폭력적이지 않은 방식으로 대상화하는 것, 규정하
는 것, 바라보는 것이 곧 글쓰기이다. 그래서 대상 자체가 나의
시선에 의해 고유한 가치를 지닌 세상 유일한 존재로 재탄생하
는 것이 글쓰기의 과정이다. 물론 그 대상에 대한 증오나 적대
감을 쓸 수도 있다. 그러나 그럴 때조차도 미리 규정된 악을 그

우리는 시선의 존재가 되기 위해 글을 쓴다.
나만의 시선으로 세상 모든 것을 응시하고,
그 응시의 기록을 남기고자 글을 쓴다.
관념으로 도피하지 않기 위하여,
끊임없이 대상 곁에 살아 있기 위하여.

대상에 대입하는 것이 아니라, 그 대상으로부터 출발하여 결국 옳음이나 그름의 기준으로 이르러야 한다. 그렇지 않다면 그 글은 그저 한 줄로 정리되는 선언의 반복에 지나지 않고, 대상은 예시에 지나지 않는다. 그 대상에 대한 애정이나 증오와 같은 긍정·부정을 넘어서, 그러한 글은 그 자체로 폭력이 된다. 글쓰기가 대상에 대한 폭력이 되어서는 안 된다. 대상을 만지는 일이 되어야 한다. 그러면 결론은 따라온다.

결국 글쓰기는 우리의 고유한 시선을 찾아나가며, 그 시선 안에 머무르는 일이다. 우리는 시선의 존재가 되기 위해 글을 쓴다. 나만의 시선으로 세상 모든 것을 응시하고, 그 응시의 기록을 남기고자 글을 쓴다. 관념으로 도피하지 않기 위하여, 끊임없이 대상 곁에 살아 있기 위하여 글을 쓴다. 글쓰기는 관념의 유희, 당위의 강요, 기준의 폭력을 재생산하기 위해 하는 것이 아니라, 살아 있기 위해 하는 것이다. 매일 매 순간 살아 있다는 것은 나의 시선이 나만의 것으로 생생하게 유지된다는 것으로 증명된다. 그래서 글 쓰는 일은 곧 가장 생생하게 살아가는 일이다.

오감의 세계, 감각의 교차

오감은 글쓰기의 기본이다. 아스팔트에서 끓어오르는 열기와 머리 위로 떨어지는 태양의 뜨거움, 한결 더 적나라해지는 사물의 빛깔, 가끔 코를 찌르는 풀 내음과 무언가 썩어가는 냄새, 귓가를 두들기는 매미 소리와 혀끝을 적시는 아이스 아메리카노의 신맛을 이야기하고 나면, 여름은 완성된다. 체험한 오감의 세계는 자주 잊히지만, 기억의 깊은 곳에서는 늘 사라지지 않고 남아 있다. 그렇기에 오감으로 쓰인 글은 우리 안의 공통 기억들을 끄집어내어, 지금의 세계와 내 안의 깊은 기억을 만나게 한다.

글의 전달은 기억을 토대로 한다. 보는 이에게 있는 그대로의 장면을 전달하는 영상과 달리, 글 읽기를 통해 사람들은 각자의 기억과 접속한다. 모든 사람이 기억하는 여름날 뜨거움의 강도, 풀 내음을 맡았던 순간, 매미 소리가 유난히 가까웠던 날과 아메리카노를 들고 있던 공간은 각자 다르다. 그럼에도 글쓴이가 묘사하는 시공간과 우리 안의 시공간은 묘하게 결합되면서, 세상에 둘도 없는, 각자만의 고유한 상상의 세계를 만들어낸다. 영상이 범람하는 시대에 텍스트의 매력이라면, 그처럼 각자를 오직 자기 자신만 접속할 수 있는 세계로 데려간다는 것이다.

하지만 오감 그 자체만으로는 좋은 글쓰기가 보장되지 않는다. 오감을 표현하는 방법이 중요하다. 하나 유용한 것은 서로 다른 감각을 교차시키는 것이다. 이를테면, 시각과 촉각을 결합하면 '빛나는 감촉'이나 '청명한 숨결' 같은 표현이 간단하게 탄생할 수 있다. '부드러운 달빛'이라든지 '알싸한 날갯짓 소리' 같은 표현에서도 오감은 결합되면서 독특한 특색을 띤다. 흔히 이런 것을 '공감각'이라 부른다. 우리 인간은 자기 안에서 기억이 재배열되는 상상적 작동을 좋아한다. 그러면 참신하다고 느끼고, 독특하다고 여긴다.

표현에서 오감이 중요한 이유는 또 있다. 우리의 '마음'을 표현할 때 역시 오감이 동원되어야 한다는 점이다. 마음이 '잔잔하다', '뜨겁다', '고요하다', '맑다' 등은 모두 감각을 통해 마음을 에둘러 표현한 것이다. 그런데 우리는 그렇게 표현된 마음을 '이해'한다. 세상에 있다고 할 수 없는 '빛나는 감촉'의 감각이나 '잔잔한 마음'의 감각을 실제로 체험한 듯 받아들이는 것이다. 언어의 세계는 상상으로 탄생한, 이 세상에 없는 세계이다. 그런데도 사람들이 그 세계를 끊임없이 상상하다보니, 실제로 무언가를 '느끼게' 만드는 세계가 되었다.

맥락이 약간 다를지 모르겠지만, 유발 하라리의 《사피엔스》도 이와 유사한 이야기를 한다. 그는 이 책에서 인류의 역사가 물질이나 기술의 발견 혹은 발전에 의해 추동되었다는 기존의 관점을 반박한다. 오히려 인류 문명의 역사를 이끈 것은 인간의 '상상력'이라고 한다. 무슨 이유에서인지 몰라도, 인간이 어느 시점부터 시작한 각종 '상상'이 인류의 역사를 이끌어왔음을 매우 설득력 있게 보여준다. 대표적으로 국가와 같은 집단, 종교 등을 상상하면서 인간은 집단적으로 조직되고 문명을 발전시켰다. 원래 이 세상에 없던 것을 상상하기 시작하자 그것이 실제로 현실을 만들었다는 것이다.

글쓰기와 인류의 역사가 정말로 그러하다면, 우리의 삶이라고 다를 리 없다. 나는 자주 우리 삶이 그저 삶을 어떻게 상상하느냐에 달려 있는 건 아닐까 생각한다. 내가 세상에서 박탈되었거나, 타인들보다 결핍되었다고 상상하면 나는 정말 그런 존재가 된다. 내 삶이 다른 사람들의 삶보다 느리거나 빠르다고 상상하면 내 삶은 정말 그런 삶이 된다. 하지만 내 삶을 그저 내 삶으로 상상하면, 내 삶은 그저 내 삶이 된다. 부족하거나 박탈되지도, 느리지도 빠르지도 않은, 그저 내 삶일 뿐인 내 삶 말이다. 나는 그런 상상을 좋아한다. 내가 좋아하는 사람을 만나고 내가 좋아하는 일을 하며 사는 게 당연하다면, 내가 좋아하는 상상을 하며 사는 삶도 당연할 테다. 나는 이러한 삶을 부정할 수 있는 논리를 잘 알지 못한다.

'지연'과 '절제'

글쓰기는 '지연'에서 시작되어 '절제'에서 결실을 거둔다. 여기에서 지연이란, 글의 내용적 핵core이 될 부분을 가능한 한 직접적으로 지시하지 않고 미루면서, 그러한 미룸의 시간, 기다림의 시간 속에서 피어오르는 언어를 건져내는 일이다. 이를테면 내가 보낸 하루에 관해, 그 하루가 그저 '좋았다', '행복했다', '즐거웠다'고 이야기해버린다면 글쓰기는 시작될 여지가 없다. 대신 그 하루의 세부들을 떠올리면서, 그 하루 전체가 나에게 구체적으로 어떤 느낌을 주었는지를 더듬어가다보면, 글쓰기는 어느덧 한참 동안 이어지게 된다.

하지만 그렇게 이어나간 글 속에는 우리가 무의식적으로 습득한 무수한 불순물이 끼어들게 된다. 뻔한 언어, 식상한 표현, 굳이 언급할 필요가 없는 세부들이 '지연' 속에 덕지덕지 붙게 된다. 그래서 그다음에는 진흙에서 진주를 골라내듯이, 강물에서 사금을 건져내듯이 좋은 문장, 좋은 표현을 뽑아내는 일을 해야 한다. 그러한 작업을 거치고 나면, 글의 '핵'이라 부르는 것이 핵 그 자체로 드러나는 게 아니라, 보다 드넓고 풍성한, 어떤 커다란 덩어리로 완성된다. 그것이 글쓰기의 결실이다.

만약 글을 쓰는데, 계속하여 핵을 있는 그대로, 직접적으로 지시하며 언급하고 지연할 줄 모른다면, 그 글은 아무런 매력도 없는 메마른 정보 덩어리가 될 것이다. 그리고 그러한 정보 덩어리들은 읽는 사람에게 좀처럼 진지한 상상력이나 공감을 불러일으키기 어렵다. 하지만 단순히 문학적 묘사뿐만 아니라 일상이나 삶에 대한 에세이, 감정 표현, 누군가를 설득하는 일, 누군가에게 생생함을 전달하여 판단에 도움을 주는 일 등 포괄적인 글쓰기의 거의 전 영역에서 '상상력과 공감'은 본질을 이룬다고 해도 과언이 아니다. 상상력과 공감을 불러일으키지 못하는 글이란 당최 무엇이겠는가? 심지어 그러한 글에서 가장 멀리 있을 것 같은 법원의 판결문조차 많은 경우 읽는 이에게 (상황에 대한) 상상과 (당사자에 대한) 공감을 불러일으켜야 한다.

이러한 글쓰기는 그로 인해 탄생한 글 자체로 이 세상을 풍요롭게 하는 그 무엇이 된다. 글 쓰는 이가 지연하지 못했다면, 그 시간 동안 이 세계의 언어를 길어내지 못했다면, 세계는 그만큼 손해를 보는 것이다. 혹은 글쓰기가 누군가에 대한 이해라면, 그의 상황을 헤아려보게 하고, 상상하게 하고, 공감하게 하는 일이라면, 그 글쓰기는 그 자체로 더 풍요로운 인간상을 탄생시킨다. 인간에 대한 무수한 맥락이 존재함을 깨닫게 하고, 인간 존재 자체를 더 크게, 더 넓게 만들어준다. 바로 글쓴이가 '지연한 시간'이 세계와 인간을 더 깊고 광대하게 만들어주는 것이다.

나아가 그렇게 지연한 시간들이 많아지는 것은, 그 반대보다 훨씬 이 세상에 좋은 일이 된다. 즉각적으로 소비되는 시간, 자극을 통해 사라지거나, 단순하게 처리되며 정의되는 대상, 쉽게 규정하고 재생산되는 언어들만이 존재하는 세상에서, 그 모든 것을 멈춘 채 바라보며 대상 이면, 인간 이면의 풍요로움을 발견해가는 사람은 그 존재 자체로 이 세상에 이롭다. 그는 더 큰 인간을, 더 큰 세상을 탄생시킨다. 세상에 존재하지 않았던 '권리'를 탄생시키고, 세상에 없는 것으로 취급되었던 '입장'을 이해하게 하며, 그전에는 보이지 않았던 '대상'을 알게 하고, 억압되고 억눌리고 은폐되었던 그림자 속 존재들을 들춰내 '존재' 하게 만든다.

그래서 나는 오늘도 글을 쓰고자 하는 모든 사람을 응원한다. 그가 좋은 글을 쓰리라 믿기 때문이 아니다. 단지 그가 글을 쓰고자 하기 때문이다. 언어가 나오기를 '기다리고자' 하기 때문이며, 그러한 기다림이 이 세상을 분명 더 낫게 만들리라 믿기 때문이다. 그렇기에 글 쓰는 자의 기다림은 옳다. 그가 발굴

해낼 것 중에서는, 그가 아니었으면 결코 세상에 드러나지 못했을 그 어떤 존재가 반드시 있다.

'무맥락'에 대한 인식

글 쓰는 사람으로서 가장 듣기 좋은 칭찬이 있다면 이런 말일 것이다. "이 글 누가 쓴 건지 몰라도 정말 좋다." 대개 우리는 어떤 행위를, 혹은 말이든 글이든 작품이든 그 밖의 모든 것을 선입관이나 맥락에 따라 접하게 된다. 그래서 작가가 썼다고 하면 괜히 더 의미 있어 보이기도 하고, 유명 화가가 그렸다고 하면 그림이 더 멋져 보이기도 한다. 또한 누군가를 볼 때뿐만 아니라 누군가에게 보일 때도 우리는 맥락에 익숙해지고, 맥락 안에서 다소간 안일함을 느끼며 살아가게 되는 듯하다.

그래서인지 나는 칼럼이든 책이든 아니면 한 편의 가벼운 글이든, 그 안에서 완결되어 그 밖의 맥락을 알 필요 없는 글을 쓰려 하는 편이다. 나를 전혀 모르는 사람이 읽어도, 처음부터 끝까지 그 안에서 온전히 머물고 느낄 수 있는 완결된 글을 쓰려 한다. 나를 아는 사람들에게 나에 대한 맥락에 호소하여 글에 대한 호감이나 인정을 얻는 것은 어딘지 반칙이나 고착처럼 느껴진다. 그래서 바람이 있다면, 언제까지고 내가 쓰는 글들이 그 자체로 누군가에게 다가갔으면 하는 것이다.

그런데 이런 '무맥락'에 대한 인식이랄까, 자각이랄까 하는 것이 삶에도 종종 중요한 것 같다. 이를테면 내가 당연히 잘 안다고 믿는 사람, 내게 당연한 일상들, 나의 맥락 안에서 너무나 안일하게 자리 잡고 있는 것들이 '무맥락' 속에서 보면 굉장히 낯설어지기 때문이다. 매일 보는 아내가 어떤 순간, 어느 거리에서 마주쳤을 때 유난히 더 예뻐 보이기도 하고, 나의 어머니나 아버지가 문득 한 명의 여성이나 남성으로 자각될 때도 있다. 매일 걷던 거리도 마찬가지고, 매일 하던 일도, 매일 듣던 음악도, 매일 먹던 음식도 마찬가지다. 그런 것들을 마치 처음처럼, 무맥락에서 받아들일 때의 놀라움이 있다.

나는 누군가의 글을 읽을 때도 가능하면 그 사람이 누구인지는 무시해버리고 읽으려 하는 편이다. 그렇게 보다보면 유명한 작가라고 항상 좋은 글을 쓰는 것도 아니고, 글쓰기에 막 입문한 사람이 엄청난 원석이나 보석처럼 보이기도 한다. 어떻게 보면 사회가 만들어놓은 맥락 따위를 조금 무시할 수 있는 건방진 태도도 필요하지 않나 싶다. 등단을 했다든지, 책을 여러 권 냈다든지, 많은 사람이 칭송한다든지, 알 게 뭔가. 그런 것일랑 그냥 무시해버리고 글과 부딪칠 수 있는 시건방짐이 때로는 더 진솔한 어떤 지평으로 나를 이끈다고 느낀다.

무맥락의 느낌으로, 나 스스로조차도 어떤 맥락에 속해 있지 않다는 느낌으로, 또 타인 또한 그런 맥락이 없다는 인식으로, 그렇게 대하는 순간, 나는 그 누군가를 사랑했던 진심을 기억하고, 이해할 수 없었던 어머니나 아버지를 한 사람으로 이해하게 된다. 관성에 젖어 쓰던 글을 새롭게 보며 새로운 글을 쓸수 있게 된다. 세상에는 정말 다양한 사람이 저마다 아름다운 구석을 가지고 있다는 걸 벼락 맞듯이 깨닫기도 한다. 물론 항상그렇게 살 수야 없고 그것이 언제나 옳은 것도 아니지만, 그래도 그런 백지상태와 같은 순결함이 주는 무언가가 분명히 존재한다. 나는 가능하면, 그런 상태를 자주 만나며 살고자 애쓴다.

글쓰기는 거리두기이다

나는 글을 쓰면서 울면 안 된다고 믿는다. 물론 나도 울면서 글을 쓴 적이 있다. 그러나 그런 경우에도 울음에 빠져들면 안 된다고, 나의 슬픔이나 절망과 하나가 되면 안 된다고 생각한다. 오히려 글을 쓸 때만큼은 그 모든 울음, 슬픔, 아픔, 절망을 어떻게든 견뎌내야만 한다. 울고 있는 나, 슬퍼하는 나, 아파하는 나를 노려보면서, 내가 무슨 말을 하는지 듣고, 내가 어디에서 우는지 바라보고, 내가 왜 슬퍼하는지를 또박또박 적어나가야 한다. 그러고 나서, 비로소 글 한 편에 마침표를 찍었을 때, 자리에 엎드려 엉엉 울어도 좋다.

글쓰기 수업을 할 때면 나는 그것을 글쓰기의 '거리두기'라고 이야기한다. 글쓰기는 거리두기이다. 터져 나올 듯한 비명, 내 안의 요동치고 끓어 넘치는 감정, 나를 금방이라도 휩쓸어버릴 것 같은 마음을 있는 그대로 표출해버리면, 그것은 글쓰기가 아니다. 그저 비명 지르고, 소리치고, 울고 끝나는 일이다. 그

나는 글을 쓰면서
울면 안 된다고 믿는다.

울고 있는 나, 슬퍼하는 나,

아파하는 나를 노려보면서,

내가 무슨 말을 하는지 듣고,

내가 어디에서 우는지 바라보고,

내가 왜 슬퍼하는지를

또박또박 적어나가야 한다.

그러고 나서, 비로소 글 한 편에

마침표를 찍었을 때,

자리에 엎드려 엉엉 울어도 좋다.

러나 글쓰기는 그런 나를 집요하게 바라보는 또 다른 내가 하는 일이다. 아무리 절망적인 상황에서도, 나에게는 끝까지 버티고 앉아 부들부들 떨고 있는 나를 바라보며 글로 남기는 또 다른 내가 있다. 글 쓰는 일은 그런 '또 다른 나'를 점점 더 단단하게 키워나가고, 그를 언제든지 소환할 수 있는 태도를 길러나가는 일이다.

그래서 계속 글을 쓰다보면, 그 또 다른 나를 더 자주, 쉽게 만날 수 있게 된다. 언제 어디에서든지, 키보드나 수첩 하나만 있으면 곧장 그 또 다른 나를 불러올 수 있다. 나는 가만히 오늘 내게 스쳐 지나갔던 무수한 인상들을, 그 속에서 느꼈던 어느 순간의 감정들을, 내가 미처 글로 표현하지는 못했으나 글로 될 가능성을 품은 어떤 덩어리들을 비로소 잡아낸다. 그런 덩어리들을 차분하게 빚어서 한 편의 글을 쓴다. 글 쓰는 자아는 나라는 인간의 하루를, 삶을 재료 삼아서 글을 빚어낸다. 나라는 투망을 삶이라는 바다에 던지고, 낚아 올린 몇 가지 물고기로 요리를 한다. 그렇게 한 편의 글을 만들어낸다.

글쓰기가 그와 같은 일이라면, 그것이 과연 무슨 의미가 있는지 묻고 싶어질지도 모른다. 그런 또 다른 나를 계속 만들고 불러오는 게 무슨 의미가 있나, 그런 걸 왜 하는가, 그렇게 해서 좋은 게 무엇인가, 라고 물을지도 모른다. 나도 명확한 대답은 모른다. 그저 세상에는 글을 쓰지 않을 수 없는 사람이 있고,

그렇게 나를 바라보는 또 다른 나를 가져야만 하는 사람이 있고, 그래서 글쓰기가 마치 대단한 무엇이라도 되는 양 삶을 거는 사람도 있다는 사실을 알 뿐이다.

나는 그런 '또 다른 나'가 존재한다는 사실 자체에서 알게 모르게 위안을 받는다. 지금 이 순간, 오늘 내가 보내는 나날들이 그저 사라져 없어지는 것이 아니라, 또 다른 나라는 존재에 의해 응시되고, 그래서 기록되고, 그렇게 늘 내 삶을 한 번 더 다시 보고, 다시 생각하고, 다시 느낀다는 것이 작은 보물들을 쌓아가는 느낌을 준다.

나는 오늘 또 저 바다에 던져진다. 때로는 이 모든 나날이 무슨 의미가 있나 싶기도 하고, 오늘 하루는 무슨 가치가 있나 싶기도 하다. 그러나 그것을 너머 나는 나를 던지는 손길에 몸을 맡기고 저 바다로 뛰어들 수 있다. 왜냐하면 그 손길이 결국 나를 거두어주리라 믿기 때문이다. 내 안의 또 다른 나는 나를 거두어서 오늘을 조금 더 의미 있고, 때론 아름답고, 때론 눈부시거나 눈물 나는 무언가로 만들어, 집 한편의 장식장에 고이 모셔둘 것이다. 그렇게 나의 오늘들을 빚어서 말이다.

그래서 오늘 나는 진심으로 슬퍼하고, 진심으로 웃을 수 있다. 이다음 순간, 그 슬픔과 웃음을 빚어낼 또 다른 내가 기다리고 있기 때문이다. 그 나를 믿고, 그저 이 순간, 나를 던질 수 있다. 때론 의심스러운 시간이라 할지라도, 그런 시간조차 결국은 회수하여 의미 있는 무언가로 빚어줄 '또 다른 나'가 역시 있기 때문에 말이다.

'단문 쓰기' 유령

　글쓰기 주변을 떠도는 유령이 있다. 그 유령은 '부사어 쓰지 마라', '단문을 써라', '접속어 쓰지 마라' 같은 팻말을 들고 다닌다. 이런 유령들은 주로 스티븐 킹의 《유혹하는 글쓰기》같은 글쓰기 책에서 나와 떠받들어지며, 전염병처럼 번져나갔다. 특히 문예창작과나 언론 주변을 떠돌며 온갖 색채를 가질 수 있는 글들을 복제된 돌하르방처럼 만들어버린다. 온 세상이 헤밍웨이나 스티븐 킹으로 뒤덮이길 바라는 것만 같은 그들은 다양한 문체의 아름다움을 전혀 느낄 줄 모르는 광신도들처럼 보이기도 한다.

　무엇이든 특정 매뉴얼을 만들어 신봉하는 사람들은 그에 복종함으로써 불안한 자신의 존재 기반을 얻고자 한다. 경직된 틀에 맞지 않는 자연스러움, 다양성, 야생성, 부드러움 등을 모두 추하고 잘못된 것이라 부르짖으며 자기가 복종하는 틀의 권력을 지키고자 하는 것이다. 그러나 당장 세계에서 가장 멋진 글을 100편 정도 모아본다고 하면, 변태가 아닌 이상 똑같은 문체의 글만 모을 리는 없다. 오히려 그 글들은 저마다 너무나 다채로워 글쓰기의 교본 따위를 만드는 일이 불가능해질 것이다.

대체로 앞에서 말한 문장이나 글쓰기 가이드라인에 강박적인 사람들은 폭력적인 영역에서 폭력적인 경험으로 글쓰기를 익힌 경우가 대부분이다. 단문을 쓰지 않으면 논문을 통과시켜주지 않는 지도교수라든지, 만연체와 부사어에 기겁하는 언론사 데스크라든지, 접속어를 쓰면 등단시켜주지 않는 문단 원로라든지 하는 존재들에게 직간접적으로 폭행을 당하며 문장에 대한 자연스럽고 아름다운 감각을 잃어버린 경우가 많다. 자기 글을 객관화할 수 있는 훈련을 하는 것과 특정 스타일을 강요당하는 건 차원이 다른 문제다.

나는 기막히게 아름다운 문장을 쓰는 사람은 아니지만, 적어도 세상에 무수히 존재하는 다채로운 문체를 사랑하고 느낄 줄은 안다. 나와 같은 사람들에게 요즘처럼 기계적이고 천편일률적인 문장들만 쏟아지는 시대란 얼마나 무미건조하고 재미없는지 모른다. 그러다가 종종 보이는, 자기만의 문체를 유려하게 풀어내는 원석 같은 이들이 얼마나 달콤하고 소중하게 느껴지는지 모른다.

물론, 반대로 '단문 치기'를 잘 구사하는 글이 나쁜 글이라고 단정 지을 수는 없다. 그것은 그것대로 매력적인 데가 있지만, 글의 무수한 매력 가운데 하나일 뿐이다. 쌍꺼풀 있는 얼굴이 온통 미의 기준을 장악한 시대가 이어지다보면 무쌍의 매력이 재발견되는 법이다. 마찬가지로 요즘엔 만연체의 장문, 전통적인 산문 정신, 적절히 부사어를 구사하는 글이 가뭄의 단비처럼 아름다워 보인다. 무엇이든 강박적인 틀을 너무 강요하지 않을 필요가 있다. 아름다움은 그 자체로 자연스럽게 빛난다. 멋지고 다채로운 만연체를 구사하는 사람들이 단문 권력자들의 콧대를 납작하게 만들어주면 좋겠다.

타자를 붙잡는 기술

글쓰기에서 가장 중요한 것을 꼽으라면, 나는 '타자'를 꼽는다. 글쓰기는 철저히 혼자 하는 일이지만, 동시에 항상 타자와 함께하는 일이기도 하다. 내가 쓰고 있는 글 너머의 타자를 어떻게 상정하느냐에 따라 글의 거의 모든 것이 결정된다. 흔히 '쉬운 문장'을 쓰라고 하는데, 그럴 때 타자는 '쉽게 읽히는 글을 좋아하는' 존재다. 이 말은 대체로 옳지만, 항상 그런 것은 아니다. 쉽게 읽히는 문장 자체보다, 문장이 담아낼 수 있는 진실이나 논리가 더 중요한 글도 있다. 논문이나 시, 철학서 따위가 때론 그 범주에 들어간다.

기자라든지 편집자에게는 항상 글에 대해 기준을 공유하며 피드백하는 존재들이 있다. 그들은 눈에 보이지는 않지만 일률적인 타자를 공유하고 있다. 이를테면 데스크의 머릿속에 들어 있는 '타자의 기준'이 있고, 기자들이 쓴 글에서 관건은 그 타자의 기준에 얼마나 근접하느냐가 된다. 마치 세대를 이어가며 전수하는 무형문화재처럼, 그들은 타자의 기준을 물려주고 물려받는다. "이런 글을 누가 좋아하겠냐?"며 그들이 후배들에게 윽박지를 때, 사실 그 '누구'는 진짜 대중이라기보다는 그들 머릿속에 상정된 독자이다. 그런데 세상에는 기사 쓰는 일은 단 일주일도 버틸 수 없지만, 대중에게는 사랑받는 스타일을 가진 작가들이 무수히 많다. 그렇게 보면, 타자란 명확히 알 수 있는 존재가 아닐 것이다.

모든 글은 의식적이든 무의식적이든 타자에 대한 상정에서 시작한다. 문인들의 일기가 출간되는 경우가 있는데, 대부분 진짜 일기는 아니고, 출판 과정에서 적절히 타자를 함유시킨 글들이다. 반면 그들의 사후에 출간된 진짜 일기를 보면, 종종 타자가 어떻게 무너져 있는지를 알 수 있다. 글을 정제한다는 것은 글 속에 타자를 넣는 일이다. 하지만 아무도 읽을 거라 상정하지 않은 일기에서는, 타자가 엉망이 되는 경우가 있다. 유명한 작가의 일기라 하더라도, 일반인의 일기랑 거의 다르지 않을 수도 있다. 그렇게 보면 글쓰기의 기술은 '타자를 붙잡는 기술'이다. 적절한 지면에서, 적절한 태도로, 적절한 타자를 붙잡을 수 있는 능력이 글쓰기의 능력이다.

페이스북이나 블로그 같은 경우만 하더라도, 글쓴이들이 상정하는 타자는 각기 다르다. 책을 보고 굉장히 감동받아 저자의 페이스북에 들어갔다가, 글이라기보다는 그냥 온갖 잡다한 말을 늘어놓은 데 실망하는 경우도 있다. 반대로 페이스북에 글을 쓰더라도, 늘 타자에 대한 감각을 가지고 정제해서 글을 쓰는 사람도 있다. 이는 그들의 글을 읽어주는 실제 독자가 누구냐와는 관계없는 일이다. 그저 그가 페이스북의 백지, 지면과 내적으로 어떤 관계를 맺고 있느냐를 보여줄 뿐이다. 어떤 사람에게 페이스북은 자기 방의 일기장보다도 타자가 허물어져 있고, 어떤 사람에게 페이스북은 단행본 원고 수준으로 타자가 상정되어 있다. 어느 쪽이든 각자의 이유가 있을 것이다.

글쓰기는 자기 안의 타자에게 말 걸기라는 점에서, 종교에서의 기도와 유사한 면이 있다. 기도는 타자인 신에게 말 걸기이다. 신에게 말을 걸 때는 보통 격식을 갖추고 존대어를 사용한다. 하지만 신을 친구처럼 여기며 말을 건네는 경우도 있다(존대어가 없는 서양은 더 그럴 것이다). 글 쓰는 백지도 마찬가지다. 백지가 신처럼 격식을 요구하는 타자일 때도 있고, 친구 같은 타자일 때도 있고, 쓰레기통에 가까운 타자일 때도 있다. 어느 경우라도 이유는 있겠지만, 글쓰기 능력 혹은 훈련에서 '타자가 중요하다'는 관점을 견지한다면, 가능한 한 격식을 갖춰 타자를 상정하는 것이 좋다. 그래서 언제 어디서든지 백지 앞에 앉으면 그 타자가 곧장 소환될 수 있을 정도로 습관을 들이는 것이 글 쓰는 일의 기본이라 볼 수 있다.

이 타자와 만나는 일을 게을리하면 글쓰기 감각을 잃게 된다. 1년간 외부에 발표하는 글을 별로 쓰지 않았더니 다시 글을 쓸 때 고생을 제법 했다. 초반에 쓴 글들은 처음부터 죄다 뜯어고쳐야 했다. 타자는 가능한 한 자주 만나는 것이 좋다. 하루 30분이라도 만나다보면, 매일 기도하는 사람에게 신이 그러하듯, 타자가 공기처럼 익숙해진다. 말도, 글도, 삶도 그 지평에 놓아두고자 애쓰는 게 그다지 고생스럽지 않은 일이 된다. 그러니 무엇이라도 쓰되, 타자와의 끈을 놓지 않을 필요가 있다.

지지받고 있다는 느낌

　　삶의 다른 일들도 그러할지 모르겠으나, 글쓰기에서 가장 중요한 것 중 하나는 자신이 '지지받고 있다'는 느낌이다. 이는 달리 말해서, 자신의 글이 어딘가에 속해 있거나, 글을 쓰고 있는 순간 자기가 발 디디고 설 땅이 있거나, 자기가 소모하고 있는 시간이 무의미하다는 회의감에 대해 보호막이 있다는 것과 비슷하다. 글쓰기에는 유독 이러한 감각이 필요할 수 있는데, 근본적으로 글 쓰는 사람은 소속도 없고 동력도 추상적이기 때문이다. 특히 글쓰기 자체가 만만치 않다는 점이 큰 문제가 되기도 한다.

　　만약 글 쓰는 누군가에게 소속과 월급을 주며 평생직장을 보장한다면, 그는 무슨 글이든 써낼 가능성이 높다. 글 쓰는 일을 얼마나 좋아하는가를 떠나서, 서면이나 소장, 보고서나 보도자료 같은 걸 소속 안에서 꾸역꾸역 써내는 일이 적지 않다. 다른 측면으로, 때론 지리멸렬하고 고통스러워 미칠 것 같고 권

태로워서 더 한 줄도 쓰고 싶지 않은데, 글쓰기에 대해 그에 걸맞은 명예나 보상을 준다든지 충분히 의미 있을 거라는 보장이 있다면, 어떻게든 그 위기를 견뎌낼 사람이 많을 것이다. 그러나 일반적인 글쓰기는 대개 현실적인 그 무엇도 보장하지 않기 때문에, 많은 사람이 글쓰기를 지속할 마음을 갖지 못한다.

그렇기에 글쓰기에서 가장 중요한 건 재능도, 천재성도, 열정도, 돈도, 환경도 아니고, '지지받고 있다'는 느낌이 아닐까. 그 느낌은 현실적일 수도 있고 추상적일 수도 있다. 학창 시절, 내게 재능이 있다며 칭찬해주었던 국어 선생님, 내 블로그를 매일 찾아와 글을 읽어주는 두세 명의 독자, 내가 쓰는 글을 항상 가장 먼저 읽어주며 고개를 끄덕여주는 친구나 연인의 존재가 글 쓰는 사람의 마음을 떠받친다. 지지받고 있다는 느낌이 확고하다면, 그래서 나의 글쓰기가 무의미한 시간 낭비가 아니며, 나의 고통 또한 바보 같은 일이 아니라는 느낌이 주어질 때, 사람은 계속 글을 쓴다.

그렇기에 나는 매번 글쓰기 모임에서도, 이 모임이 끝나고도 계속 글을 써나가고 싶다면 반드시 독자를 만들어야 한다고 말한다. 독자는 내 가족이 될 수도 있고, 동네 친구가 될 수도 있고, SNS의 팔로워나 블로그의 이웃이 될 수도 있다. 누가 되었든, 글 쓰는 사람에게는 지지받고 있다는 느낌이 필요하다. 그 느낌이 약하면 누구도 오래 글을 쓸 수 없다. 글쓰기는 골방이나 절간에서 고독하게 혼자 하는 일이라는 인상이 강하기도 하지만, 설령 절간에 틀어박히더라도 작가들에는 자신을 기다려주고 지지해준다고 믿는 대중 독자나 문단의 존재가 은연중에 있었다. 글쓰기란 흔히 말해지거나 보이는 것 이상으로 타인들과 강력하게 관계 맺는 행위이며, 타인들로부터 힘을 얻는 일이다.

나는 글쓰기 모임을 할 때, 글 쓰는 사람이 자신의 글에서 무엇보다도 확신을 갖고 알아야 하는 것은 자신의 '장점'이라고 이야기한다. 그리고 가능하다면, 나는 모든 사람에게서 그 나름의 장점을 찾아 이야기해주려고 한다. 물론 글쓰기가 어느 단계를 넘어 좋아지려면 온갖 비판을 뚫고 성장해야 하지만, 그보다 더 중요한 것은 자신의 장점을 아는 것, 그래서 그 장점의 존재 자체로 지지받는다는 느낌을 유지하는 것이다. 당연한 말이겠지만, 지지받지 못한 글, 지지받지 못하는 글쓴이는 존재할 수 없다.

그러므로 글을 쓰고자 하는 사람은 마치 항해사를 구해 모험을 떠나고자 하는 모험가처럼, 자신을 지지해줄 누군가를 찾아야 한다. 물론 일방적인 지지보다는 서로 지지해주는 존재들을 찾는 것이 좋을 것이다. 글쓰기는 혼자 고독 속에서 고고하게 하는 행위라기보다는, 결국 그 고독 너머에 있는 그 누군가를 찾아 나서는 일이다. 글을 계속 쓰는 사람에게는 반드시 그를 지지해주는 존재가, 그 누군가가, 그 무언가가 있다.

에세이 쓰기의 원칙

글쓰기 모임에 도움이 될까 싶어서 얼마 전 《김봉현의 글쓰기 랩》을 들추어보았다. 다른 부분들도 참고가 될 만한 점이 많았지만 '에세이 파트'는 확실히 글쓰기의 기준을 정돈하는 데 큰 도움을 주었다. 그래서 글쓰기 모임에서도 책에 나온 내용을 무척 강조했다. 크게 세 가지였다. 정서, 솔직함, 개인성에서 보편성으로.

우선 에세이는 '정서'를 중심에 둔 글쓰기 장르다. 소설이 갈등과 이야기를 중심에 두고, 칼럼이 사회현상에 대한 통찰 등을 중심에 둔다면, 에세이는 정서로 모든 것을 말한다. 글쓴이만이 가진 세상을 바라보는 시선, 사람을 대하는 태도, 삶을 대하는 자세 같은 것들이 정서를 통해 드러난다. 그 정서는 다소 우울할 수도 있고, 인간애를 지닐 수도 있고, 세계에 대한 설렘으로 가득할 수도 있다.

물론 한 사람이 그 모든 정서를 지닐 수도 있겠지만, 글쓰기가 누적되다보면 자기만의 '주된 정서'를 조금씩 알게 되고 만나게 된다. 그리고 에세이는 그 정서를 통해 세상을 바라보는 관점을 바꾸고, 인간을 대하는 태도에 균열을 일으키며, 세상을 마주하는 순간에 파열음을 낸다. 내가 좋아하는 작가들은 거의 예외 없이 무척 멋진 자기만의 정서를 지니고 있다.

두 번째는 '솔직함'이다. 달리 말하면 진실성이기도 하다. 솔직하다는 건 한편으로는 그저 용기만 있으면 가능한 태도 같지만, 그보다 더 중요하게는 섬세함이 필요하다. 나에게 가장 솔직한 진실이 무엇인지를 파악하고, 걸러내고, 마주하는 예민함이 필요한 것이다. 예를 들어 '시험에 떨어져서 불행하다'라고 쓰는 것은 '정확한 솔직함'이 아니다. 대개 그 순간의 불행은 무척 복합적이다. 부모님에 대한 미안함, 타인의 시선에 대한 부끄러움, 스스로에 대한 실망, 미래에 대한 걱정 등이 사람마다 다른 비중으로 뒤섞여 있고, 그중에서 정확하게 '자기의 솔직함'을 마주해야만 진정 솔직한 글이 나오는 것이다.

에세이는 그렇게 솔직함을 마주하는 과정, 다시 말하자면 정확한 솔직함, 섬세한 진실성, 오직 자기만의 정서를 찾아가는 여정이다. 좋은 에세이는 모두 정확한 솔직함을 담고 있다. 스스로를 왜곡하거나, 과장하거나, 은폐하거나, 자기를 방어하거나, 포장하려 하지 않고, 온전히 스스로를 마주하고자 한다.

마지막으로, 에세이가 일기와 다른 점은 개인적인 경험에 에세이는 정서로 모든 것을 말한다.

그 정서를 통해
세상을 바라보는 관점을 바꾸고,
인간을 대하는 태도에
균열을 일으키며,
세상을 마주하는 순간에
파열음을 낸다.
내가 좋아하는 작가들은
거의 예외 없이
무척 멋진
자기만의 정서를 지니고 있다.

서 시작되지만 결국에는 '보편적인' 공감대의 영역으로 나아간다는 것이다. 이는 단순히 개인적인 경험에 거창한 의미를 부여한다는 뜻이 아니다. 오히려 개인의 파편적인 일기 같은 에피소드가 잘 쓰인 에세이 안에서는 묘하게도 모두의 이야기가 된다. 타인의 이야기에 공감함으로써 삶이나 인간, 관계의 본질 같은 것을 살짝 만나고, 그런 것과 살짝 접촉하며, 살짝 가닿는 것이다. 좋은 에세이는 바로 그런 지평으로 읽는 이를 인도한다.

이 세 가지는 내가 에세이에 관해 종종 단편적으로 이야기하던 것이었지만, 확실히 《김봉현의 글쓰기 랩》을 통해 정확히 정리하고 모임 사람들에게도 전달할 수 있었다. 20년 가까이 글을 써온 '글쓰기 장인'의 글쓰기 이야기는 확실히 정확한 데가 있다. 좋은 책은 그 힘이 세고, 널리 영향을 미친다. 그만큼 깊고 진솔하게 글쓰기를 대하고 고민한 결과가 아닐까 싶다. 앞으로 글을 쓸 때, 이런 원칙들은 내게도 중요한 방향키가 되어줄 것이다.

많이 쓸수록 좋다

글쓰기는 많이 할수록 좋다. 욕망이 걸러지기 때문이다. 처음에 글을 쓸 때는 하고 싶은 말, 나에 대해 알리고 싶은 것, 표현하고 싶은 대상이 무척 많다. 할 말이 없어서 쓸 게 없다는 경우도 있지만, 사실 누구에게도 할 말이 없을 수는 없다. 나는 세상 모든 사람에게는 하고 싶은 말이 있다고 생각한다. 연애를 시작하면 누구나 자기에 대해 이야기하고 싶어 한다. 상대방을 알고 싶어 하고, 자기를 알리고 싶어 한다. 단지 우리에게는 그럴 기회가 잘 주어지지 않기 때문에 말하지 못하고 억눌려 있을 뿐이다. 그 댐이 한 번 무너지면 갇혀 있던 것이 쏟아지기 시작한다. 글쓰기에 진입하는 사람은 처음에 너무 많은 욕망을 만나게 된다.

나의 슬픔, 기쁨, 뿌듯함, 상처, 절망, 성공 등에 관해 말하고 싶다. 내가 세상의 모든 사물과 인간에 대해 가지는 생각, 감정, 의견을 이야기하고 싶다. 내가 특별하다고 생각했던 어떤 순간, 감수성에 관해 한번 던져보고 싶다. 나에게 상처를 준 친구에 관해, 부모가 주었던 따뜻한 한 순간에 관해, 흐지부지된 어느 연애에 관해, 미친 듯이 사랑했던 어떤 시절에 관해 말하고 싶다. 내가 노력으로 이룬 작은 결실들에 관해, 내가 스스로 자랑이라 여기는 성공에 관해, 내가 겪었던 오랜 고난과 좌절에 관해 이야기하고 싶다. 이런 글감은 누구에게나 빙산처럼 자리 잡고 있다. 글쓰기는 그 빙산의 일각에서 시작하여, 서서히 빙산 아래로 파고 내려가는 일이다.

글을 많이 쓰면, 그런 욕망들을 하나씩 토해내게 된다. 그러고 나면 다음번에는 그에 관해 그렇게 절절하게 이야기하지 않아도 된다. 혹여나 그에 대해 또 이야기할 일이 있을 때, 보다 거리를 두고, 천천히, 깊은 생각을 더하여, 다시 기억을 더듬으며, 차분하고 아름답게 글을 쓸 수 있게 된다. 그런데 그런 '다음번'이 되돌아오기까지 얼마가 걸릴지는 알 수 없다. 욕망을 100개쯤 토해낸 다음, 그 '다음번'이 돌아올 수도 있다. 어쨌든 그때는 돌아온다. 그리고 또 돌아온다. 또다시 돌아온다. 그중에 가장 나의 진실에 가닿은 하나의 글이 있다. 그 글을 만나기 위해 계속 쓰는 것이다.

지식이 많고, 사유가 깊고, 많은 것을 익히고 생각한 사람들이 좋은 글을 쓴다고 할 수는 없다. 오히려 글은 계속 쓴 사람만이 잘 쓰게 된다. 누구나 이미 무한한 것을 가지고 있다. 그러한 내면의 창고는 언젠가 가장 좋은 순간에 열리기를 기다리고 있지 않다. 그보다는 항상 열리기를 기다리고 있다. 나중에 더 멋진 열쇠가 생기지 않는다. 열쇠는 언제나 지금 여기에 있고, 지금 여기에서 열기 시작한 사람이 언제나 앞서가는 것이다. 나중에 더 많은 책을 읽고, 글쓰기에 관해 공부하고, 학식이 깊어지고, 많은 경험을 한 뒤에는 또 다른 열쇠가 생길 것이다. 그러나 그 열쇠가 우월성을 보장하지는 않는다. 오히려 계속 써나가면서 깊이를 더해간 사람의 열쇠가 더 깊은 창고를 열어젖힌다. 계속 쓰면 더 깊고, 더 아름답고, 더 멋진 창고의 열쇠가 주어진다. 나는 글을 쓰는 사람이라면 누구나 그 열쇠와 깊은 창고에 관해 알 거라고 생각한다.

글을 쓰는 사람들을 응원한다. 그들이 만나게 될 자기만의 그 창고를 생각하면, 설렌다. 그들 역시 나처럼 글쓰기가 좋다는 것을 안다고 생각하면 마음 한편이 뭉클하게 차오른다. 우리는 각자의 열쇠를 손에 쥐고 자신만이 볼 수 있는 어느 깊은 세계로 들어서는 사람들이다. 그 열쇠를 구멍에 넣고 돌리는 어느 새벽, 어느 하얀 밤의 무한함, 어느 오후의 빛을 알고 있는 사람들에게 무한한 연대감을 느낀다. 어느 책상 앞에, 고요한 벤치에, 소란스러운 카페에, 퇴근 후 자동차에 앉아서 키보드를 두드리고 있을 누군가의 등을 바라본다. 그들은 정확한 삶을 향해 가고 있다. 나는 그렇게 믿는다.

자기 스타일을 알아가는 여정

삶의 거의 모든 영역에서 자기 스타일을 알아가는 것만큼 중요한 일이 드물다는 생각이 든다. 무엇을 하든, 내가 어떤 스타일인지를 빨리 알아차릴수록 잘할 수 있고, 나아가 삶도 자기다운 삶으로 만들 수 있다. 사랑을 하든, 공부를 하든, 사업이나 일을 하든, 글쓰기나 예술을 하든, 우정을 맺고 관계를 만들어나가든, 삶의 어느 시점부터는 자기 스타일이 무엇인지를 알아야 한다.

그런데 의외로 자기가 어떤 스타일인지 잘 몰라서 삶에서 주어진 여러 과제를 잘해내지 못하는 경우가 많다. 사실 나의 이십 대도 내 스타일을 찾아가고, 알아가고, 안착하기까지 참 오랜 여정이었다. 사랑의 방식, 우정의 방식, 관계의 방식, 글쓰기의 방식, 무언가를 습득하거나 성취하는 방식, 말하는 방식, 내 목소리의 톤을 알고, 제스처를 알고, 나에게 어울리는 분위기를 알고, 하루의 생활 방식을 알고, 그렇게 내 스타일을 가진 내가 되기까지가 참 쉽지 않았다.

자기에게 어울리는 것이 무엇인지를 모르면, 끊임없이 세상의 온갖 말들과 남들의 방식에 휘둘리게 된다. 공부만 하더라도, 강사마다 주장하는 공부 방법이 다르고 박사나 교수마다 학문하는 스타일이 다르다. 그런데 어느 때는 이런 방법이 옳아 보이고, 어느 때는 다른 방법이 옳아 보여서 그저 이것저것 해보다가 결국 제대로 성취하지 못하는 경우가 많다. 사랑도 다를게 없다. 이런 이야기를 들으면 이렇게 사랑해야 할 것 같고, 저런 이야기를 들으면 저렇게 사랑해야 할 것 같다. 인간관계도 어떤 명언을 들으면 그 명언이 옳아 보이고, 다른 명언을 들으면 그 명언대로 관계를 맺어보려 한다. 그러나 영원히 그럴 수는 없는 노릇이다. 어느 시점에는 자기 스타일이 무엇인지 알고 확정 짓고 다져가야 한다.

그렇게 자기 스타일을 알아가려면 무엇보다도 성취의 경험이 필요하다. 내가 믿는 나름의 방식으로 사랑을 하여 누군가와 좋은 관계를 오랫동안 맺어본 경험, 주변 사람들과 시행착오를 겪어가면서 갈등을 해결한 경험, 이런저런 방식으로 공부를 해보다가 자기에게 가장 알맞은 암기나 이해 방법을 알고 그를 통해 약간의 성취라도 거두어본 경험. 아주 작은 성취여도 좋다. 적어도 이 부분에서만큼은, 이 순간만큼은 나의 방식이 옳다는 경험들이 누적되어 삶 속에 작은 확신을 이루고, 그런 확신들이 모여 자기의 스타일이 된다. 아무리 작은 일이라도 끝까지 하나의 방법으로 시도해보고, 그 방법이 아니라면 아니라고 확정 짓고, 또 다른 방식으로 그 무언가를 해보고, 나에게 잘 맞는다고 느끼면 그 스타일을 기억하면서 나아가는 것이다.

이런 성취의 경험들은 삶의 전반에 있는 여러 영역들이 상호작용을 하게 한다. 일의 영역에서 약간의 성취를 거두어본 경험은, 인간관계를 맺는 일에서도 나의 스타일을 어떻게 찾아내어 어떻게 확신을 더해갈 것인가를 인식하는 데 도움이 된다. 그러면 사랑에, 일상에, 관계에, 일에, 여행에, 그 모든 것에 나의 스타일이 동시다발적으로 만들어져간다.

그래서 삶에서는 무언가 대단한 것을 한 번에 얻고 이루려하기보다는, 그때 그 시절에 자기에게 맞는 작은 성취들을 차곡차곡 쌓아나가는 것이 좋다. 내가 청년 시절 내내 했던 것도 그런 작은 확신들을 모으는 일이었다. 사람은 그렇게 자기 자신이 되어간다. 그렇게 자기 스타일을 알아갈 수 있다면, 그 삶은 더 의미 있는 무엇으로 다가가지 않을까 싶다.

'과거의 나'를 상상하는 일

글을 쓸 때 중요하다고 느껴지는 것 중 하나가 '과거의 나'를 정확하게 상상하는 일이다. 그 이유는 대개 나이가 들어가면서 자기 나이대의 삶에 적응하고, 과거의 진정한 마음이나 기분 같은 것을 쉽게 잊어버리기 때문이다. 예전에 내가 어떤 마음으로 세상을 대했는지, 어떻게 미래를 꿈꾸었는지, 무엇을 진정으로 욕망했거나 간절히 원했는지를 잊거나, 왜곡하거나, 착각하곤 하는 것이다.

우리 삶의 글감은 대부분 과거로부터 온다. 글쓰기는 대부분 지나간 것에 관한 것이다. 지나간 오늘, 지나간 청춘, 지나간 사랑, 지나간 여행이 글쓰기의 대상이 된다. 조금 더 본질적으로 보더라도, 사람은 지나가지 않은 것에 대해서는 글을 쓸 수 없다. 이미 경험한 감정, 이미 한 걸음 지나온 생각, 이미 내 안에서 일어났던 일들만이 늘 사후적인 글쓰기의 영역에 들어온다. 그래서 글 쓰는 일이란 적극적으로 과거를 상상하는 일, 과거를 살아내는 일에 가깝다.

글 쓰는 습관은 매일을 '뒤돌아보게' 한다. 글쓰기는 계속 오늘이나 어제 일어난 일, 10년 전이나 20년 전에 일어난 일을 되새김질하게 하면서 그때의 본질이랄 것을 찾게 한다. 그래서 근본적으로 미래 지향적인 여러 일들, 특히 사업이나 금융계의 일과는 크게 대비된다. 글쓰기는 계속 우리 과거를 다져나가면서 삶의 내부 혹은 자아의 안쪽을 채워 넣고, 그것을 삶의 기반으로 삼는 일에 가깝다.

그래서 이런 글쓰기 습관과 능력은 때로는 현실적으로 무용하다는 취급도 받는다. 과거 자체는 돈이 되지 않는다. 자본은 항상 전진과 확장의 메커니즘으로 이루어져 있기에, 과거는 자본주의 안에서는 재빠르게 폐기 처분되어야 하는 것에 가깝다. 실제로 우리의 삶도 그런 자본의 흐름에 맞춰져 있다보니 계속하여 더 많은 능력, 내가 갖지 못한 자격증, 새로운 영역에 대한 앎, 신사업에 대한 투자 같은 것을 향하게 된다.

하지만 현대사회 혹은 자본주의 프로세스와는 별개로, 인간은 결국 과거에 뿌리내리고 살 수밖에 없는 자아정체성을 가지고 있다. 그런 점에서 글 쓰는 능력과 태도는 사람들에게 항상 '잊고 있던 무언가'를 환기하는 느낌을 준다. '맞아, 그게 중요한 건데 잊고 있었어. 왜 그걸 모르고 있었지? 왜 잊고 살았지? 나는 멈춰 서서 그 중요한 것에 관해 생각할 필요가 있었

멈추거나 역행할 수 없도록 만들어져 있는 삶을
멈추거나 역행하게 ─ 만들어준다는 점에서,
글쓰기가 갖는 특별한 지점이 생기는 것이다.

어.' 글쓰기는 바로 그런 사람의 마음에 적중하는 측면을 구조적이고 본질적으로 갖고 있다. 멈추거나 역행할 수 없도록 만들어져 있는 삶을 멈추거나 역행하게 만들어준다는 점에서, 글쓰기가 갖는 특별한 지점이 생기는 것이다.

그래서 글쓰기의 영역에 들어선 사람은 잠시 현실이 멈췄다고 느낀다. 나를 휩쓸어가던 현실로부터 살짝 벗어나고, 현실을 잠시 잊고, 삶에서 누락됐던 어떤 측면에 몰입하게 된다. 그런데 그 영역은 인간이 결코 잃을 수도 없고 놓을 수도 없는 영역이다. 자본과 사회의 흐름은 그런 측면을 잊게 만들고 사람들을 소비자로 끌어들이지만, 사실 잊어서는 안 될 측면이 있음을 글쓰기가 잠시나마 기억하게 해주는 것이다. 그래서 때로는 글쓰는 일이 세상 어떠한 일보다도 특별한 곳에 자리 잡기도 한다. 세상은 이미 무가치하다고 여기지만 결코 무가치해질 수 없는 영역을 끊임없이 상기시키며 수호한다는 점에서 말이다.

인풋과 아웃풋의 통로

삶을 '나'라는 자아에 집착해서 보기보다는, 일종의 '인풋'과 '아웃풋'의 흐름으로 보면 견디기 수월해지는 측면이 있다. 내가 잘할 수 있는 것, 잘해야 하는 것들은 대개 아웃풋이고, 이런 아웃풋은 인풋이 있을 때만 가능하다. 글을 잘 쓰고 싶으면 무턱대고 글을 열심히 쓰기보다는 글이 잘 나올 수 있도록 무언가가 먼저 '들어와야' 한다. 잘 쓰고 싶은 만큼 많이 읽고, 쓰고 싶은 이야기가 있을 만큼 많이 경험하는 일이 우선되어야 한다. 그렇게 들어오는 것이 넘쳐나면 나갈 수밖에 없는데, 글쓰기란 그 나가는 통로를 정해주는 정도의 역할을 할 뿐이다.

누군가는 들어온 것들을 노래로, 그림으로, 대화로 털어놓을 것이다. 글을 쓰는 사람은 다만 글을 쓰며 '들어온' 것을 '나가게' 한다. 그런데 '나가게 하는 방식'을 굳이 글쓰기로 하고 싶은데 글쓰기가 잘되지 않는다면, 이제 나름대로 훈련이 필요해진다. 나가는 길에 기름칠을 해서 잘 나가게 해주는 것 정도를

'글쓰기 훈련'이라 생각하면 된다. 그러나 훈련의 본질은 글쓰기를 열심히 하는 것이 아니라, 그저 들어온 것을 나가게 하는 일이다. 그렇게 생각하면 부담이 꽤 덜어지지 않을까 싶다. 나에게 들어온 게 그저 나가는 것일 뿐이므로, 그것은 대단한 일도 아니고 어려운 일도 아니며 그저 흘러가는 일이라고 믿는다면, 그런 믿음이 삶의 여백을 이룰지도 모른다.

아마 세상 모든 일도 비슷하지 않을까 싶다. 사랑은 기본적으로 내가 받은 사랑의 경험을 다른 사람에게 나누는 일이다. 부모 등 누군가로부터 얻은 사랑이 우리가 아는 최초의 사랑이 되고, 그 사랑을 반복하며 살아간다. 혹은 연인이나 친구를 만나면서 사랑의 방법을 알게 되고, 사랑받아서 좋았던 경험을 다른 이에게 내어주며 사랑을 해나간다. 만약 내가 사랑을 잘하고 싶다면, 사랑을 배우고 받고 얻어야 한다. 그런 배움은 현실에서도 가능하고, 여러 작품이나 교육을 통해서도 가능하다. 비폭력적인 사랑, 잘 사랑하는 방법, 좋은 사랑의 모습 같은 것이 '인풋'된다면, 비로소 그런 것들의 '아웃풋'도 가능해지는 것이다. 사랑이 내게 들어왔다가 밖으로 흘러나가 누군가에게 닿을 뿐이다.

삶에서 어떤 문제가 일어난다면, 그것은 인풋이 부족하거나, 인풋은 많은데 내 안에 적체되어 고인 물이나 막힌 댐이 되어버린 경우일 듯하다. 특히 들어온 것들이 나가지 못하는 건 삶이 꽉 막혀버린 채 병들어가는 상황처럼 느껴지기도 한다. 이런 것들이 아웃풋으로 이어질 방법은 다양하다. 지인들과의 수다로 털어버릴 수도 있고, 인터넷 커뮤니티에서 해소할 수도 있고, 예술을 하거나 글을 쓸 수도 있다.

그래서 삶이 그저 부지런히 들어오고 나가는 무한한 흐름이라면, 우리가 할 일이란 마음을 열어놓고 그 흐름에 몸을 맡기는 것 정도가 아닐까 한다. 인간의 의지, 자아의 힘, 우리의 현명함이 발휘되어야 할 지점이 있다면, 들어오고 나가는 길을 터놓는 것 정도에 있지 않을까? 들어오는 길을 잘 닦아놓고, 나가는 길을 적당히 뚫어두고, 그리하여 선순환이 가능하도록 갈고닦는 게 삶에서 일의 전부이지 않을까? 이렇게 생각하면 할수록 삶에서 무언가 힌트를 얻는 느낌을 받는다. 그저 잘 들어오고 잘 나가게 해줄 것, 나의 역할이란 나에게 맞는 방식에 따라 삶이라는 물길이 잘 지나다닐 수 있는 통로가 되는 것이라는 것, 그게 사실상 인생의 전부라는 것. 때때로 그렇게 생각하면 삶이라는 게 참 투명하고 명료해서 어렵지 않게 살아낼 수 있을 것만 같다.

딴지 걸어줄 사람

생산을 보증하는 건 배움밖에 없다. 요즘 종종 열심히 배우던 시절이 그리워지곤 한다. 수업 듣는 걸 좋아해서 대학 시절에는 거의 공강 없이 청강을 원하는 만큼 채워 넣었고, 휴학을 하고는 학교 바깥의 세미나나 강의를 들으러 돌아다녔다. 수업을 듣는 중 특히 좋았던 점은 그 시간 안의 여백이었다. 100분 강의라고 해서 강연자의 이야기에 100분 내내 집중하는 건 아니었다. 솔깃한 부분만 챙겨 들었고, 그렇지 않은 나머지 시간은 '보호받는' 내 시간 같은 느낌이 있었다. 생각나는 것이면 무엇이든 노트에 옮겨 적어야 했기에, 수업 시간에 항상 노트를 두 개 이상 챙겼다. 내 생각을 마음대로 쓰는 노트 하나, 강연자의 말을 받아적는 노트 하나.

요즘에도 몇 달에 한 번꼴로 특강이나 수업을 듣는다. 그때 역시 온전히 무언가를 배운다기보다는 그 묘한 억압과 자유의 결합이 주는 시간 안에서 익숙한 평화 같은 것을 느낀다. 내

몸은 공간에 묶여 있고 강연자는 무어라 열심히 말하고 있지만, 그 시간은 온전히 내 것이어서 들을 부분만 듣고 나머지는 내 마음대로 채워 넣는다. 일기를 쓰기도 하고 강연자의 말과 관련된 생각을 적기도 한다. 그런 반강제적이면서도 자유로운, 이중적인 시간이 주는 위안이자 힘 같은 게 있다. 내 이십 대를 채웠던 시간의 절반 정도는 그런 시간이 아니었을까 싶다. 말이든 글이든 생각이든, 나의 생산은 그런 시간에 빚지고 있다.

또 하나 드는 생각은, 글을 써서 먹고살기로 했다면 글쓰기 배우는 일을 게을리하지 말아야 한다는 점이다. 글을 써서 어느 정도 먹고사는 시점이 오면, 그래서 자신의 글을 이른바 '전문가'의 이름으로 내놓는 시점이 오면, 주변에서 피드백을 얻는 일이 급속도로 줄어든다. 그건 이제 내가 글을 완벽하게 쓸 수 있게 되어서가 아니라, 다른 누군가가 '작가'라는 직함을 가진 사람의 글에 대해 말하기가 쉽지 않기 때문이다. 나부터도 글 써서 원고료 받는 주변 사람들의 글에 대고 이러쿵저러쿵하지 않는다. 글이 나쁘거나 문제가 있으면 그냥 입을 다물고, 글이 좋으면 칭찬할 뿐이다.

사실 이런 과정으로 거의 모든 작가, 교수, 문인들이 평생 '발전'하지 못하고 정체되거나 오히려 글쓰기가 퇴화된다. 일단 등단을 한 작가에 관한 한, 그의 글은 '스타일'의 영역이 될 뿐, 우열이나 옳고 그름의 영역이 되지 못하기 때문이다. 타인들도 그의 글에 대해 말하기 조심스러워지고, 자기 자신도 '칭찬' 위주로만 듣게 되다보니 점점 아집이 강해진다. 그래서 글 써서 먹고사는 사람일수록, 평생 글에 대해 성심성의껏 쓴소리해줄 사람 몇 명쯤은 곁에 둘 필요가 있다. 그런데 나는 그런 글쟁이를 거의 알지 못한다.

올해는 주변 사람들한테서 내 글에 대한 쓴소리를 들을 기회가 꽤 있었다. 나 자신이 주변 이들에게 최대한 솔직하게 감상을 말해달라고 거듭 부탁한 것도 있고, 마음을 열고 여기저기 글을 내놓고 다니다보니 쓴소리 좋은 소리 반반씩 듣게 되었는데, 이것이 글쓰기에 엄청나게 도움이 되었다. 할 수만 있다면 곁에서 끊임없이 글의 문장과 문단, 전체적인 구조나 내용에 대해서까지 서로 딴지 걸어줄 수 있는 글쟁이들의 '평생 모임'을 가지고 싶다. 더 많이 배워야 하는데 배우는 일이 적어졌다. 글을 생산해서 먹고살아야 하다보니 더 그렇게 되었다.

글쓰기든 시사 교양이든, 문학과 철학이든, 모여서 같이 공부하고 딴지 걸어줄 좋은 사람들은 평생 필요하다. 언젠가는 제대로 공부하고 제대로 쓰며 나누는 사람들의 공동체 같은 걸 만들어보고 싶다. 알고 보면 세상에 참 똑똑하고 좋은 사람들이 많다. 그들과 할 수 있는 것, 그들과 해야만 하는 것도 참 많고 말이다.

어떻게 꾸준히 쓸 수 있을까

"어떻게 하면 글을 꾸준히 쓸 수 있을까요?"

강연이나 북토크, 글쓰기 수업 등을 막론하고 항상 듣게 되는 질문이다. 이에 대한 보통의 대답은 일기를 써보자, 소재를 가지고 아무거나 써보자, 옛 추억을 써보자 같은 말들이고, 나도 주로 그런 식의 대답을 하곤 했다. 그런데 주변에서 글을 꾸준히 쓰면서 나름대로 글밥 먹고 사는 사람들을 가만히 살펴보면, 의외로 답은 다른 데 있는 게 아닐까 싶다.

10년 넘게 글을 쓰고 싶다는 사람들, 글을 쓰는 사람들, 글로 벌어먹고 사는 사람들, 글 쓰는 일을 부업이나 삶의 한 측면으로 지니고 있는 사람들을 살펴보면서 알게 된 묘한 결론이 하나 있다. 의외로 글을 쓰는 일에는 글쓰기 자체보다 다른 요소들이 너 중요할 수도 있다는 점이다. 내 주변에서 지금까지 꾸준히 글을 쓰는 사람들을 보면, 대개 글쓰기에 투사된 다른 욕망들이 있다. 글을 써서 돈을 벌고, 유명해지고, 사람들 앞에 서고, 강연을 하고, 어디에 소속되지 않은 채 자유롭게 살고 싶다는 등의 욕망이다. 이런 욕망은 부수적인 것 같지만, 때로는 본질적인 것이기도 하다.

많은 경우, 글쓰기의 꾸준함은 인정욕망에서 나오는 것 같다. 누군가로부터 인정과 관심, 사랑을 받고 싶을 때 의외로 글쓰기는 그에 이르는 제법 괜찮은 통로가 되어준다. 특히 SNS나 블로그, 인터넷 게시판 등에 글을 쓰는 일은 일상에서는 만날 수 없는 사람들을 만나게 해주고, 평소라면 아무도 들어주지 않을 내 이야기를 들어주는 사람들이 생기게 해준다. 글을 통해 누군가와 이어지는 일들이 도파민처럼 작용해 글 쓰는 일에 빠져들게 만들기도 한다. 내 글을 읽는 사람이 점점 많아지고, 관심사를 공유할 사람도 알아가고, 그러다 책 출간이든 칼럼 기고든 다소 공적인 영역에서 글쓰기가 인정받는 '단 한 순간'만 있어도 인정욕망을 상당히 충족할 수 있다.

사실 글 쓰는 사람들 중에는 좋은 글을 쓰고 싶은 것 이상으로 유명해지고 싶은 사람들도 많다. 작가의 '셀럽화'라는 것은 마치 '글 쓰는 사람'의 타락처럼 말해지기도 하지만, 오히려 과거에는 작가가 연예인 못지않은 '셀럽'이었다. TV가 보편화되기 전이나 인터넷이 있기 전의 지면을 떠올려보면 글 쓰는 사람이 얼마나 스타에 가까웠는지를 어렵지 않게 생각해낼 수 있다. 찰스 디킨스나 장 폴 사르트르는 그야말로 세계적인 슈퍼스타였으며, 우리나라에서도 소설가나 시인들이 연예인 못지않은 인기를 누렸다. 그런 욕망은 여전히 지속한다. 글 쓰는 사람들은 대개 유명해지는 걸 꺼리지 않는다.

나만 하더라도 왜 그토록 열심히 글을 써왔느냐고 묻는다면, 글 쓰는 일 혹은 문학 자체에 대한 몰두도 있었지만, 글쓰기를 통해 삶의 다양한 측면을 얻고 싶다는 욕망이 있었다. 어딘가에 소속되어 상명하복의 질서 속에서 살기보다는 자유롭고 싶었고, 내가 진실하게 풀어놓는 이야기들을 들어주는 누군가가 있으면 좋을 듯했고, 그를 통해 사랑을 받거나 인정을 받는 것도 기대하곤 했다. 그런 욕망이 본질적인 것이었는지 부수적인 것이었는지는 여전히 헷갈리지만, 어느 쪽도 적었다고는 할 수 없을 것이다.

그래서 요즘에는 글쓰기 수업에서도, 만약 꾸준히 글을 쓰고 싶다면 글쓰기 자체에서만 답을 찾기보다는, 글쓰기를 둘러싼 맥락들에 더 주의를 기울여보라고 말한다. SNS를 통해 서로의 글을 읽어줄 독자를 찾아 나서보라든지, 출판이나 등단과 같은 현실적인 목표를 지녀보라든지, 애써 완성한 글을 꼭 웹진 등의 다양한 매체에 투고해보라든지, 서로의 진솔한 이야기들을 듣고 나눌 수 있는 글쓰기 모임에 참가해보라든지 말이다.

기도는 혼자서 하는 일이지만, 기도에 관해 함께 이야기할 사람들이 때론 더 중요하다. 노래는 혼자 코인노래방에서 불러도 되지만, 때로는 들어줄 사람의 존재가 더 열심히 노래 부르게 한다. 학문의 목적은 진리 탐구이겠지만, 학문을 통해 얻는 지위와 인정이 때로는 더 큰 추동력이 된다. 글쓰기도 다르지 않다. 거기에 어떤 욕망을 투사하느냐에 따라 글쓰기는 우리 삶에서 더 붙들고 싶은 무엇이 되기도 한다.

누가 작가인가

세상에는 작가가 되고 싶어 하는 사람들이 참 많다. 얼마 전에도 한 회사에 강연을 갔다가 '사실 제 꿈은 작가'라며 다가와 이야기하는 직원을 만났다. 그 밖에도 사적인 자리에서 내가 작가라고 하면, 자신도 작가가 되고 싶다고 이야기하는 사람들이 참 많다. 글쓰기 모임에서는 말할 것도 없다. 그런데 정작 나는 그럴 때마다, 작가가 된다는 게 무엇일까 생각해보게 된다.

보통 작가라는 건 책을 낸 사람을 의미하는 것 같지만 책 한 권 내는 일 자체는 그리 어렵지 않다. 요즘에는 자비출판이나 독립출판도 많고, 접근 방법도 상당히 다양하고 편리하게 구축되어 있다. 그런 방식이 아니라 기존 출판사에서 책을 내고자 한다면 일단 투고해보면 된다. 출판사 자체가 워낙 많기 때문에, 정말 쓰고 싶은 책이 있거나 써둔 원고가 있다면 일이백 군데 정도 기획서나 원고를 보내보면 된다. 그러면 어느 정도 준비만 되어 있어도 함께 작업해보자는 이야기가 오갈 출판사

하나쯤은 만날 수 있다.

그런데 나는 책을 이미 몇 권 낸 작가들에게서 '내가 작가인지 잘 모르겠다'는 이야기도 자주 들었다. 사실 작가란 명확한 정체성이 없는 직업에 가깝기 때문이다. 과거에 책을 한두 권 낸 적이 있다고 한들 더 이상 팔리지도 않고 아는 사람도 없다면, '책 낸 적 있다'는 것만큼 허무한 경력도 별로 없다. 스스로도 더 이상 작가라고 느끼지 못한다. 아주 옛날 책 몇 권 낸적 있는 사람이라고 느끼는 게 다인 것이다. 그래서 나에게 '당신은 작가 같은데, 나는 작가인지 모르겠다'고 고민을 상담하는 작가들도 더러 있었다.

그렇다면, 흔히 말하듯 '매일 글 쓰는 사람'은 모두 작가인가. 나는 그렇다고 생각한다. 다만 사람들이 흔히 '작가가 되고 싶다'고 말할 때의 그 '작가'와는 사회적 의미가 다르긴 할 것이다. 매일 글을 쓴다고 해도 스스로를 작가라고 느끼지 못하는 사람도 많다. 그렇다면, 대개 매일 글 쓰는 사람 중에서 자신의 글이 출판되고, 기고되고, 연재되고, 사회의 일정 수 이상의 사람들이 자신을 작가라 여겨주는 경우에만 스스로도 작가라 느낄 것이다.

결국 작가라고 느끼는 데는 두 가지가 핵심인 셈이다. 하나는 나를 작가로 여겨주는 사람들의 존재. 둘은 나 자신이 현재진행형으로 글 쓰는 사람일 것. 이 두 가지를 지니면 작가가 하나는 ——
나를 작가로 여겨주는 사람들의 존재.

둘은 ——
나 자신이 현재진행형으로 글 쓰는 사람일 것.

이 두 가지를 지니면 작가가 된다。

된다. 실제로 두 가지가 모두 계속 이어질 때, 글 쓰는 사람 자신이 '지금도 작가'라고 생각한다. 적어도 자신이 작가가 되어 그러한 존재로 살아가고 있다면, 그는 매일같이 글을 쓸 것이며 그를 작가라 여겨주는 사람들이 여전히 존재할 것이다.

예전에는 특히 작가라고 느끼는 데 문단이나 출판계의 인정이 중요했다면, 갈수록 그런 인정은 중요성이 사라져가고 있는 것 같다. 가령 유튜브나 SNS 등을 통해서 사람들한테 인기를 얻고 글을 쓰면, 그는 수많은 사람이 작가라 불러주는 작가가 '금방' 될 수 있고, 스스로도 그렇게 느낄 수 있다. 실제로 SNS에서 많은 영향력을 발휘하는 사람이 되면 출판사들은 앞다투어 그의 글을 출간하려고 한다. 거기에다가 매일같이 글을 쓰면, 역시 그는 어느 모로 보나 작가인 것이다. 설령 어느 식자층이나 일부 지식인이 그를 작가로 취급하든 말든 아무 상관 없이, 그는 작가가 된다. 스스로도 작가라 느끼고, 수많은 사람이 작가라 불러주는데 작가가 아닐 이유가 없다.

요즘은 시대가 시대인지라, 작가가 글을 아주 잘 써야만 하는 건 아닌 듯하다. 그보다는 유명세, 팬덤, 인기도가 중요해서, 하고 싶은 말만 어느 정도 있어도 문장력은 출판사에서 알아서 책임져주기도 한다. 실제로 상당히 널리 알려진 작가들의 글을 자신이 거의 다 쓰다시피 했다는 이야기도 편집자들에게 여러 번 들어보았다. 그러므로 작가라는 존재는 글을 유달리 잘 쓰거나, 특별한 글쓰기 재능이 있는 것과도 크게 관계가 없다. 누구든지 작가라 불러주면 그는 작가가 된다. 특히 많은 사람이 그렇게 불러줄수록 말이다.

　　이런 세태가 좋은 것인지 나쁜 것인지 딱 잘라 말하기 어렵다. 아마 좋은 점도 나쁜 점도 있을 것이다. 그러나 적어도 스스로의 글은 웬만해서는 스스로 완성할 수 있는 능력을 가진 사람들이 작가가 되었으면 싶기는 하다. 그럼에도 일단 작가가 되는 게 목표라면, 둘 중 하나는 해야 한다. 매일 쓰는 것과 자신을 알리는 것. 그리고 결국 둘 다 해야 계속 작가일 수 있다. 작가란, 그저 계속 쓰는데 그를 작가라 여겨주는 사람들이 있는 상태, 그 이상도 이하도 아니다.

비판하고 옹호하는 글쓰기

글을 쓸 때, 사회에 관해서는 가능한 한 비판적인 관점을 유지하되, 삶에 관해서는 최대한 옹호해야 한다고 믿는다. 달리 말하면, 사회에 대해서는 끊임없이 비관적인 태도를 가지되, 삶에 대해서는 가능하면 낙관적인 태도를 가져야 한다고 믿는다. 비판해야 할 것은 나름대로 좋은 삶을 살고자 애쓰는 사람들이 아니고, 옹호해야 할 것 또한 사회구조나 사회의 권력이 아니다. 이것은 스물여섯, 첫 책을 쓸 때부터 지금까지 바뀌지 않은 단 하나의 태도이다.

그래서인지 나를 글로만 알던 사람들을 만나면, 종종 생각보다 내가 너무 긍정적이라며 놀라는 사람도 있고, 생각보다 너무 비판적이라며 실망하는 사람도 있다. 힐링을 얻고 싶었는데 비관만 잔뜩 얻게 되었다든지, 날이 선 비판을 듣고 싶었는데 삶을 너무 긍정적으로 대한다면서 실망스럽다든지 하는 이야기를 들었다. 그러나 나는 이 세상이 모두에게 살 만한 멋진 세상이라고 쓴 적이 없고, 인생을 냉소주의나 비관주의로 대해야 한다고 쓴 적도 없다. 나를 둘러싼 세상에 대해서는 끝없이 비판적인 태도를 유지하되, 내 삶에 대해서는 최대한 믿으면서 올곧게 나아가야 한다고 생각해왔다.

그것은 그 누군가를 훈계하기 위해서라기보다는 나 자신이 살고 싶은 방향이었다. 이 사회라는 것, 세상이라는 것은 언제나 잔뜩 피해자를 머금고서, 폭력과 핍박을 위주로 돌아갈 수밖에 없다. 그 폭력은 때론 나 자신을 향하기도 하고, 때론 내가 그 누군가에게 행사하기도 한다. 내가 발 딛고 선 대지는 보통 다른 사람들의 피와 땀일 가능성이 높고, 또 누군가는 내 머리 위를 밟고 서서 내게 부당한 폭력을 행사하고 있을 것이다. 사회란 대개 그런 가학과 피학의 관계를 벗겨낼 수 없기 때문에, 평생 이 사회에 대한 투명한 비판적 관점을 유지하는 건 나 자신이 보다 진실하게 나의 중심을 갖고 살아갈 수 있는 방식이라 믿고 있다.

그러나 내가 속한 사회나 환경, 상황이 어떠하건 그런 현실과는 별도로, 한 명의 생명으로 태어나 이 삶을 최대한 잘 살아내야 한다고 믿고 있기도 하다. 충분히 많은 것을 사랑하고, 다양한 가치를 이해할 줄 알고, 매일의 삶의 기쁨을 놓지 않으며, 더 나은 삶을 향해 가야 한다고 믿는다. 돈도 적당히 있길 바라고, 사랑도 적당히 머물러주길 바라고, 쾌락이나 기쁨도 적당히 얻길 원하며, 존중이나 인정도 받았으면 싶다. 나아가 내가 좋아하는 일들이 내 삶 안에 산재해 있어서, 어느 정도는 놀이하듯이 살아가고 싶기도 하다. 그런 삶의 감각들을 믿고 사랑하고 추구하는 것 또한 삶에서 가장 중요한 의무처럼 느껴진다.

그래서 나는 사회를 꽤 절망적이고 비관적인 관점으로 바라보기도 하지만, 그렇다고 실제로 우울에 빠져서 하루하루를 허비하거나, 내 삶에 희망이 없다고 믿지는 않는다. 반대로 삶이란 좋은 것이고 아름다운 것이고 한평생 이 삶을 사랑해야 한다고 믿지만, 세상 모든 일에 관대하다든지 무엇이든 긍정적으로 생각하지도 않는다. 그저 진실을 잃지 않는 선에서 행복하게 살길 바라되, 이 하나뿐인 삶이라는 것도 그런 양 날개에 태워서 어딘가로 날려 보내듯 살아가고 싶다. 그래야만 나 자신을 용인하고 사랑할 수 있는 것 같다. 스스로가 너무 기만적이라 느껴지는 것도 원치 않고, 너무 진실에만 몰두한 나머지 삶의 기쁨들을 잃어버리는 것도 참을 수 없다. 결국은 그 사잇길을 계속 따라가고 싶은 것이다.

진실로 행복한 길을 걸어 아주 멀리까지 나아가고 싶다. 진실하기 위해서, 행복하기 위해서, 쉼 없이 글을 쓴다. 그렇게 나름대로 내게 어울리는 삶을 알아가고 있다.

2장 § 쓰는 이유

— 쓸수록 더 중요해진다

백지를 사랑한다

　글을 쓰려고 할 때, 내 앞에 놓인 백지를 사랑한다. 백지 앞
에 있으면 어딘지 마음이 정갈해지고 순백의 태도가 된다. 백지
를 마주할 때마다 다시 시작하는 듯한 기분이 든다. 조금 과장
하자면 그때마다 새롭게 태어나는 것 같다. 나의 마음은 백지
앞에서 깨끗함과 투명함을 갖춘다. 그 앞에서는 매번 새로운 장
소로 떠나는 여행자의 마음이 된다.
　글을 쓰는 사람마다 글쓰기를 대하는 태도는 제각각이다.
어떤 작가들은 백지 앞에 선 공포가 얼마나 엄청난지를 이야기
한다. 알코올의 도움 없이는 한 자도 쓸 수 없다고 말하기도 한
다. 그래서 글쓰기란 알코올과 피를 섞어 만든 잉크로 써나가
는, 공포와 아픔을 동반하는 일이라고 말하기도 한다. 그러나
나에게 글쓰기는 춤이고, 여행이고, 자유로움이다. 백지는 내
가 가장 자유롭게 마음껏 춤출 수 있는 무대와 같다. 백지와 마
주할 때는 늘 어떤 세계가, 그 세계를 대하는 태도와 접속한다.

나에게 글을 쓴다는 것은, 그러한 태도로 어떤 세계로 들어서는 일이다.

그 백지의 공간, 글쓰기의 세계는 옛 선비가 깊은 산속에서 흐르는 물을 마주하고 바위 위에 앉은 어느 마음을 떠올리게 한다. 그가 세계를 가장 다정하고도 평온한 장소로 받아들이는 순간, 백지 위에 붓으로 써 내려갔을 한시의 한 구절을 생각한다. 물론 모든 글쓰기가 이와 같지는 않겠지만, 글 쓰는 일이 마치 그런 세계와의 접속처럼 느껴질 때가 있다. 계속하여 백지 앞에 앉을 수 있고, 그로써 다정하고 평온한 세계를 만날 수 있고, 자유로운 태도로 글 쓰는 순간에 임할 수 있다면, 이 일은 평생토록 하나의 축복이 될 것이다.

글쓰기가 힘겨울 때도 있다. 대개는 억지로 어떤 형식을 갖추어 정해진 여러 맥락에 구속되어 써야만 할 때다. 리포트나 논문을 쓸 때, 낯선 지면에 칼럼을 기고할 때, 정해진 자료나 주제가 주어지고 그에 따라 어느 심사자(데스크)의 시선을 통과해야만 할 때는 글 쓰는 일이 싫어지기도 한다. 그래서 가능한 한 그런 구속이 없는 글을 더 많이 쓰려고 한다. 글쓰기가 내게 자유롭고도 온전한 자유이자 축복의 영역 속에 더 자주 머물기를 바라는 것이다.

삶의 모든 영역을 사랑할 수는 없다. 현실적인 모든 일과 의무를 사랑할 수는 없다. 그러나 삶에 온전히 사랑할 수 있는 영역 몇몇쯤은 필요하다. 나에게는 글쓰기가 그런 영역으로 남아 있고, 점점 더 그렇게 되어간다. 어쩌면 내가 그토록 오랫동안 원해온 글쓰기라는 것도 그런 차원의 일이 아닐까 싶다. 내가 온전히 몰두하고 자유로울 수 있는 지평에 서는 일 말이다.

언어가 나를 빚는다

나의 글쓰기는 대개 내 마음을 관리하기 위한 과정이다. 글을 쓰기 전에는 어떤 글을 쓰게 될지 모르는 경우가 많다. 일단 키보드를 부여잡고 써 내려가면서 내가 속한 상황을 더듬어보고, 나 자신을 일으키고, 삶을 바로잡아보고자 애쓴다. 그렇게 써나간 여정은 때론 일기장에 갇혀 누구에게도 노출되지 않는다. 하지만 요즘에는 그 과정을 그대로 내보인다. 그렇게 하는 것이 그렇게 하지 않는 것보다 더 나은 일, 혹은 좋은 일이라 느껴지기 때문이다.

가령, 진심을 담아서 간절하게 기도하는 사람이 있다면 그의 말을 곁에서 듣는 건 어떤 의미가 있을까? 모르긴 몰라도 그 속에서 절절히 공감하는 부분을 발견하거나, 나와는 다른 점을 통해 나를 더 분명하게 인식하거나, 그를 통해 나의 기도에 관해 더 다채롭고 깊게 고민해볼 수 있을 것이다. 그런데 반대로, 기도를 소리 내어 말하는 사람에게도 그 일은 의미가 있을 것이다. 누구에게든 자신의 육성이 닿는다는 것을 알게 되면 말을 더 조리 있게 전달하려 하고, 그러다보면 커뮤니케이션의 힘 자체를 빌려 스스로 더 정갈하게 마음을 정리하는 과정을 겪게 되지 않을까 싶다.

나 또한 마찬가지다. 일단, 혼자 쓴 그 무수한 글 대부분은 결코 다시 읽고 싶지가 않다. 집에는 몇십 권의 일기장이 있고, 어지간해서는 다시 읽는 일이 없다. 그러나 누군가에게 닿을 수 도 있다는 가정에서 출발한 글들은 후일에 다시 읽을 때 나 자신에게 도움이 되고, 그 당시를 보다 선명하게 기억하며 의미를 되살리는 데도 도움을 준다. 아마도 사람이란 커뮤니케이션의 동물로서 언어를 쓰도록 태어났으며, 그 언어는 언제나 수신자를 가정하기 때문 아닐까 싶다. 스스로 인간이라는 운명을 더 잘 껴안을 수 있도록, 더 인간다운 인간일 수 있도록 언어가 도와주는 것이다.

글쓰기도 어느 순간부터는 그저 '나의 이야기를 쓰는 것' 이라기보다는, 언어라는 심층적이고 거대한 구조나 힘의 도움을 받아 나를 일으켜 세우고 나아가게 하는 활동처럼 느껴진다. 언어 없이 그저 놓여 있는 나는, 어쩐지 축 늘어진 슬라임이나 헝겊 같고, 어딘지 정리되지 못한 채 흩어져 있는 반쪽짜리 존재 같다. 그러나 언어의 손길을 부여잡는 순간, 언어는 나를 특정한 존재로 만들어준다. 일어설 수 있고, 세상을 거닐 수 있고,

규정될 수 있는 한 인간으로 다듬어준다. 도자기를 빚듯이 언어가 나를 빚어준다.

　물론, 때로 언어는 나의 우군이라기보다는 나를 나쁜 방식으로 규정하게 하거나 잘못된 생각에 사로잡히게 하고, 그로써 삶 자체를 부정하게 만들기도 한다. 그런 언어는 나쁜 친구와 비슷한 셈이다. 삶에서 아주 중요한 일이 하나 있다면 좋은 친구를 잘 사귀고 소중히 대하는 일일 것이다. 마찬가지로 좋은 언어로 늘 나를 일으켜 세우고 좋은 친구 같은 그런 언어들의 도움을 받는다면, 삶에서 꼭 필요한 기반을 얻게 된다. 좋은 언어와 함께 살아간다는 것은 결코 없어서는 안 될 동반자이자 든든한 우군을 갖게 되는 일이다.

끊임없이 말해야 하는 존재

글쓰기 모임을 할 때마다 느끼는 것이지만, 세상에 사연 없는 사람 없고, 다들 마음 깊이 삶의 광물 같은 것을 묻어두고 산다는 생각이 든다. 사실 어떤 사람들의 이야기는 나의 이야기보다 훨씬 더 읽힐 가치가 있어 세상에 읽혀야만 한다고 느낀다. 나의 이야기가 널리 읽히는 것은 그만큼 내 이야기가 가치 있어서도, 대단해서도, 특별해서도 아니다. 널리 읽히는 이야기가 그렇지 않은 이야기보다 항상 더 가치 있는 것은 결코 아니다.

한편으로는, 누구에게나 말해야만 했으나 말하지 못한 것들이 많다고도 느낀다. 나는 사람이란 끊임없이 말해야 하는 존재라고 생각한다. 안전하다고 느껴지는 누군가에게, 근거리의 친구나 가족, 혹은 신에게 자신의 이야기를 해야만 한다. 나의 아픔, 슬픔, 상처를 털어놓고 위로받아야 한다. 때로는 자신의 일에 진심으로 함께 기뻐해줄 누군가가 있어야 하고, 같이 울어주거나 같이 웃어줄 사람과 이야기를 나누어야 한다. 글쓰기

자기 삶의 상처들을
어느덧 웃으며 말하고,
그 위에 유머를 더하고,
하나의 서사로서
부드럽게 이야기할 수 있게 되면,
그는 온전히 살아가고 있는 것이라
봐도 될 듯하다.
그러니 사람은 계속 말해야 하고,
사람에게는 말할 창구가 필요하다.

모임이 삶에서 사실상 처음 느끼는 '안전지대'라는 표현을 한 사람이 있었는데, 어떤 면에서는 참으로 다행이라고 생각했다. 이 시간이 누군가에게는 그런 말을 할 수 있는 안전지대가 될 수 있겠구나 싶은 생각이 처음 들었다.

마음의 치유라든지, 삶을 살아내는 힘이라든지, 세상과의 화해 가능성 같은 것은 상당 부분 '구술'과 관련되어 있다. 대개 자신의 이야기를 어렵지 않게, 조리 있고 정확하게, 의연하게 이야기할 수 있는 사람은 삶과 화해를 이루어간다. 그러나 어떤 이야기를 하면서 화를 내고, 울고, 더 이상 말하지 못한 채 입을 닫아버리고, 신경증적인 반응에서 벗어나지 못한다면 그 삶에는 아직 제대로 말해져야만 하는 게 더 남아 있다는 뜻일 것이다. 나아가 자기 삶의 상처들을 어느덧 웃으며 말하고, 그 위에 유머를 더하고, 하나의 서사로서 부드럽게 이야기할 수 있게 되면, 그는 온전히 살아가고 있는 것이라 봐도 될 듯하다. 그러니 사람은 계속 말해야 하고, 사람에게는 말할 창구가 필요하다.

세상의 많은 글쓰기 모임이나 독서 모임, 또 최근의 SNS 같은 것들이 그런 창구가 되어주고 있다. 그런 시공간들이 더 안전한 피난처로 구축되고, 그러다가 그로부터 입이 트인 사람들이 세상으로 나서서 더 많은 이야기를 하고, 더 많은 사람의 이야기를 듣고, 그렇게 또 더 많은 사람이 더 많은 이야기를 하게 해주는 식으로 세상이 돌아가고 있을지도 모르겠다. 그런 점에서 어떤 안전한 시공간들은 저마다의 삶에 유의미한 아지트처럼 존재하며 제 역할을 해내고 있을 것이다.

　사람은 서로 말하고, 들어주고, 인정을 나누고, 서로가 더 나아지길 빌어야 한다. 어쩌면 그것이 삶의 전부일지도 모르겠다. 그렇게 보면 글쓰기 모임이라는 것은 작은 삶이기도 한 셈이다. 좋은 시간들, 한때의 삶들이 이러한 모임들에 흐르고 있다.

쓸수록 더 중요해진다

"계속 써야 더 중요해지는 거야."

영화 〈작은 아씨들〉(2019)에서 가장 인상적인 대사였다. 자매들의 삶을 다룬 소설을 출간한 조는 그런 소재가 당대 중요하게 다루어지는 것이 아니고, 그저 별 볼일 없는 것이라며 자조한다. 이에 대해 그녀의 여동생 에이미가 말한다. 계속 쓰면 그것이 중요한 이야기가 되는 거라고, 계속하면 중요한 것이 된다고 말이다.

영화의 맥락에서 이 대사는 그 시대의 문단에서 인정받지 못하는 글에 대한 것이었지만, 나는 이것이 삶 전체에 적용되는 말이라고 생각한다. 무엇이든 계속하면, 그것은 세상에도 나에게도 중요한 것이 된다. 세상이 중요하다고 여기는 것을 하는 게 아니라, 그저 내가 하고 싶은 것을 계속하면 그것이 곧 중요한 것이 된다. 반대로, 계속하지 않으면 그 무엇도 중요한 것이 되지 않는다.

내가 아는 한, 자기 삶에서 무엇이 중요하고 소중한지 알게 된 사람들, 나아가 세상에서도 중요한 사람이라고 여겨지는 사람들을 보면 거의 예외가 없다. 나는 그들을 곁에서 보던 때를 잘 기억한다. 주위 사람들이 별반 관심도 없어 하는 일에 몰두하며, '너무 나르시시즘에 빠져 있는 거 아니냐', '뭐 하러 그런 걸 하는지 모르겠다', '그럴 바에야 세상이 중요하다고 하는 것에 집중해라' 같은 말을 들었던 사람들이 이제 얼마나 중요한 사람들이 되어 있으며, 자신이 계속하던 것을 얼마나 중요하고도 소중한 자기만의 것으로 가지게 되었는지를 말이다. 20여 년쯤 주위 사람들을 지켜보다보니 그것만큼 명료한 진실도 없다고 느낀다.

조도 처음에는 당대 문단이 중요하다고 이야기하는 글, 편집장이 잘 팔린다고 말하는 글을 썼다. 그것이 '진짜 자기의 글'이라고 스스로 믿기도 했다. 그러나 여동생 베스의 죽음을 마주하면서, 자기가 꼭 써야만 한다고 믿는 자매의 이야기를 쓰게 되었다. 나는 영화를 보면서, 내 곁에 조가 있다면 진심으로 말해주고 싶었다. 그녀 자신에게 중요한 이야기를 그저 계속 써나가면 좋겠다고 말이다.

만약 그렇게 무언가를 계속해나가고자 하는 사람이 있다면 결국에 남는 것은 '계속한 사람'이라는 것, 결국 이기는 것도

'계속한 사람'뿐이라는 것을 말해주고 싶다. 누군가는 이렇게 말할지도 모른다. '그건 중요하지 않아, 헛수고 그만해, 더 온당한 길을 찾아가.' '그는 이제 슬럼프에 빠졌어, 그는 더 이상 예전 같지 않아, 그는 망가지고 있어.' 하지만 그런 말들에 귀 기울이지 말아야 할 시간이 삶에는 있다고 믿는다.

삶에는 정답이라는 게 없어서 주변의 조언이나 평가에 귀를 기울여야 할 때도 많다. 자기 고집이나 망상에 지나치게 빠져 있을 땐 현실적인 조언들이 도움이 된다. 그러나 반대로 가장 중요한 것은 그런 말들과 싸우는 곳에서만 만들어지기도 한다. 그렇다면 무엇이 중요한 것을 만들어가는 과정이고, 무엇이 망상과 자기 고집에 빠지는 과정인가? 그걸 구별하기는 쉽지 않다. 역시 그것은 계속해보지 않으면 모른다. 나를 진심으로 지지해주는 몇몇 사람의 손끝에 의지해 계속 가보지 않으면 모른다. 가치는 처음부터 주어져 있는 것이 아니라 내가 만들어가야만 하는 것이다.

매일 아침 내려 마신 커피가, 매일 저녁 나선 아이와의 산책이, 매일 밤 읽은 성경 몇 줄이, 매일 새벽 녹음한 몇 분이, 매일 쓴 글 몇 장이, 매일 사진 찍은 집 앞의 담벼락이, 매일 뛴 강가가 대체할 수 없는 어떤 고유한 가치를 지니게 되는 순간이 있다. 그것은 역시 계속하지 않으면 알 수 없는 어떤 영역에 있는 빛과 같다. 대개 계속한 것은 시대를 뒤바꿀 만큼 엄청난 무엇이 되지는 못할지라도, 내 삶을 증명하는 고유한 무언가만큼은 남긴다. 계속하는 사람만이 만날 수 있는 삶의 계단이 있다. 그 계단을 오름으로써 삶이 내 것이 되고 신비로운 가치를 지니게 되는 것이라고, 나는 믿는다.

구멍을 메우려는 시도

나라는 인간의 바탕에는 다소 불안하거나 산만한 데가 있다. 어릴 적 매 학년 생활기록부에 '산만하다'는 말이 꼭 적혀 있을 정도였다. 어느 학년에는 나 혼자만 교탁 옆에 '독도'라는 지정석을 부여받아 선생님 곁에서 수업을 듣기도 했다. 그저 수업에 온전히 집중하지 못했다. 앞뒤 친구들에게 말을 걸거나, 일어나서 돌아다니거나, 장난을 치거나, 낙서를 했다.

대학 시절 학교에서 수업을 들을 때도 내 책상에는 항상 노트 한 권이 놓여 있었다. 수업에 온전히 집중하기보다는, 순간순간 떠오르는 생각들을 적거나 때로는 일기를 썼다. 노트가 없으면 불안했고, 그 불안함 때문에 머리가 멍해져 집중하기가 쉽지 않았다.

가만히 있으면 마음이 불안해진다. 매일, 어느 오후, 가만히 있으면 왠지 모르게 불안한 기분을 느낀다. 그런 불안함을 달래기 위해 무엇이든 해야 했다. 주변을 정돈하고 몇 시부터 몇 시까지는 무엇을 하고 저녁이 되면 무엇을 하겠다는 식으로 계획을 세웠고, 내가 어떤 시간 안에 속해 있어야 '안심'할 수 있는지를 늘 미리 확인해두려 했다. 이런 습관은 너무 오래 이어져서 이제는 당연한 것이 되었지만, 사실 나 자신의 불안이나 산만함을 방어하고자 만들어나간 습관이었다.

지금도 가만히 무언가에 집중하기가 쉽지 않다. 늘 마음은 산만해지고 불안해지기 마련이어서, 그런 부분을 해소해주어야만 한다. 이를 위한 가장 유용한 방법 중 하나가 글쓰기이다. 글을 쓰면서 마음의 어지러운 부분들을 어떤 식으로 표현하고 정리하고 나면, 적어도 몇 시간은 안정된 마음 상태에서 해야 할 일에 집중할 수 있다. 매일 글쓰기를 하게 된 데는 그렇게 타고난 산만함이나 불안함이 적지 않은 영향을 미쳤다. 일종의 생존 방법인 셈이다. 꽤 오랫동안 이런 산만함이 나의 잘못이라고 생각했지만, 나는 그저 그렇게 태어난 것이고, 자란 것이고, 그렇게 생겨먹은 것임을 깨달았다. 나는 산만하고 불안하다. 그리고 그것을 다루는 방법을 알고 있다.

아마 사람들에게는 저마다 그런 유의 결점이 있을 것이다. 완벽한 '보통 사람' 혹은 '정상인'에 부합하는 존재란 없다. 누군가는 유난히 감정 기복이 심할 수도 있고, 의욕이 생기는 조건이 한정적일 수도 있고, 타인의 시선을 지나치게 의식한다거나, 지나치게 방어적인 사람도 있을 수 있다. 그런데 그런 자기 결점들을 어떤 식으로 극복하려는 시도, 그런 결점들에 대처하는 방법 자체가 때로는 그 사람 삶의 가장 중요한 부분이 된다. 자기의 어떤 구멍과 그 구멍을 메우려는 시도가 곧 그 사람이자 그 사람의 삶이 되는 것이다.

가령 누군가는 지나치게 소심한 자기의 결점을 극복하고자 일부러 더 과감한 행동이 필요한 직업을 택할 수 있다. 또 누군가는 타인의 시선을 지나치게 신경 쓰는 나머지 명상의 대가가 될 수도 있고, 자기방어와 끝없이 싸운 덕분에 오히려 타인의 마음까지 누구보다 잘 배려하게 될 수도 있다. 나는 산만함과 싸우고자 글을 썼고, 그 덕분에 글 쓰는 사람이 되었다. 계속하여 글을 쓰고, 출판하고, 가르치는 사람이 된 셈이다. 아마 나는 평생 글을 써야만 온전히 살아갈 수 있을 것이다.

그래서 언젠가부터는 오히려 내가 가진 결점들이야말로 내 삶을 살려내고 내 삶의 길이 된다고 느낀다. 남들보다 집중하기가 힘들고 몰두하기가 힘들면, 더 효율적인 방법을 찾게 되고 실제로 더 효율적이게 되기도 한다. 그렇게 자기만의 삶을 더 잘 살아내는 방법을 찾아가게 되는 듯하다. 나의 결점이야말로 내 삶이 가야 할 길의 가장 결정적인 힌트가 되어주는 셈이다.

사랑은 글쓰기와 닮았다

　도망치듯이 글을 쓴다. 하나의 글을 쓰고 나면 나라는 존
재가 그 글에 붙들리는 것처럼 느껴진다. 글쓰기는 의미를 확
정하면서, 동시에 나를 못 박는 일이다. 누군가 나의 글을 읽고,
나를 읽어낸다. 그는 나와 가까운 주변인일 수도 있고, 혹은 전
혀 모르는 아주 먼 곳의 누군가일 수도 있다. 누가 되었든 그는
내가 드러낸 표현을 통해 나를 규정한다. 내가 나를 규정하고
누군가가 나를 규정하는 일이 동시에 일어난다. 그러면 곧 그
고정된 나에게서 벗어나고 싶어진다. 고착으로부터 달아나고
싶어진다.

　글쓰기의 동력이란 박제되는 것에 대한 두려움, 공포, 회
피, 불안에 있다. 그런데 동시에 어떤 존재로 규정되고, 고정되
며, 고착되고 싶은 욕망이 글쓰기의 동력이기도 하다. 마지막
문장에 마침표를 찍는 것이 고정된 정체성, 안정된 나, 나를 뚜
렷하게 붙잡아줄 수 있는 어떤 상태에 도달하는 일이라면, 마

침표가 찍히자마자 다시 그로부터 달아나려는 욕망이 뒤따라 온다. 이것이 글쓰기를 멈출 수 없게 한다. 계속해서 도착하고, 계속해서 도망치기. 이 순환, 이 반복, 이 메커니즘에 들어서면, 그는 이제 글쓰기를 멈출 수 없는 사람이 된다.

이런 일은 연애를 할 때도 비슷하게 일어난다. 당신이 나를 '이러저러한 사람이야' 하고 말해주는 데서 오는 쾌감이 있다. 나를 확인해주고, 알아주고, 이해해주고, 호명해주는 데서 오는 안락함과 기쁨. 그러나 그러한 규정은 머지않아 어떤 반발을 불러일으킨다. '아닌데? 내가 꼭 그렇기만 한 사람은 아닌데?' 이러한 전복이 계속 일어나는 것이 연애의 과정이자, 자신을 알아가는 일이고, 상대를 알아가는 일이다. 서로에게 서로가 되어가면서, 변화하고, 살아가고, 사랑하는 일이다. 사랑 속에서 우리는 완전히 고정될 여지가 없다. 당신은 끊임없이 내가 되고, 나는 또 계속하여 당신이 되고, 내 안의 다양성과 당신 안의 다채로움이 어우러지며 우리는 새로운 존재가 되어간다. 그렇기에 사랑은 글쓰기와 닮았다.

한편, 글을 쓰면서 도망친다는 것은 끊임없이 나를 새로운 백지로 만드는 일이다. 내 마음을 붙들어 매는 것, 내 마음을 얼룩지게 한 것을 지우고, 채운 것을 털어냄으로써 끊임없이 다시 백지가 되고자 하는 욕망이 글쓰기를 추동한다. 백지 위에는 다시 오늘의 감각, 생각, 관념이 도래하는데, 오직 백지 위에만

사랑 속에서 우리는
완전히 고정될 여지가 없다.

당신은 끊임없이 내가 되고,
나는 또 계속하여 당신이 되고,
내 안의 다양성과
당신 안의 다채로움이 어우러지며
우리는 새로운 존재가 되어간다.
그렇기에 사랑은 글쓰기와 닮았다.

그러한 새로움이 찾아올 수 있다. 그래서 글 쓰는 이는 신을 모시기 위해 목욕재계하듯이, 자기 안의 언어들을 매일 털어낸다. 매일 털어냄으로써 매일 찾아오는 언어를 채울 수 있다.

그런 식으로 계속 글을 써나간다는 것이 무슨 의미나 가치 혹은 효용이 있는지 묻는다면 대답하기가 곤란할지도 모른다. 때로 어떤 글들은 분명한 효용을 자랑한다. 이를테면 사회에 중요한 문제를 제기하고, 삶의 소중한 추억을 생생하게 기억하게 하며, 어렴풋한 생각을 구체적이고 분명하게 만들어준다. 그런데 그런 세부적인 효용과 별개로 글쓰기 행위, 글쓰기의 반복, 계속 비웠다 차오르는 일이 그 자체로 무슨 의미가 있냐고 묻는다면, 아무런 의미도 없다고 말해야 하지 않을까? 그것은 그저 하는 일이다. 매일 아침 피아노 연주를 하는 것처럼, 흥얼거리고, 수다를 떨고, 산책을 하는 것처럼 그저 하는 일이다.

그런데 그저 하다보면 삶이 좋아진다. 그저 하다보면 좋은 일이 일어난다. 때로는 글쓰기 자체가 좋은 삶이 아닌가 하는 생각이 든다. 좋아서 하는 일이 삶을 배반하는 경우는 많지 않다. 글 쓰는 사람은 그래서 계속 쓰게 된다.

내 삶을 보다 정답게

　글은 무엇을 위해, 어떤 이유로, 무엇을 지향하며 써야 할까. 아마 글 쓰는 사람마다 나름대로 이유와 지향이 있을 것이다. 그중에는 '타인의 고통'을 위해 글을 쓴다는 사람들이 있다. 종종 그런 사람들에 대한 존경심 비슷한 것을 느낀다. 누군가의 고통을 세상에 드러내고, 진실을 밝히고, 정의를 실천하는 데 글쓰기를 도구로 삼는 사람들. 대표적으로 르포 문학이나 기사를 쓰는 사람들이 그럴 것이다.

　나도 가끔은 그런 글을 쓴다. 하지만 본질적으로 글쓰기가, 글 쓰는 일이 나를 더 이 삶에 붙잡아주고, 이 삶에 적응케 하고, 이 삶을 보다 풍요롭게 만들어주는 방향으로 나아가길 소망한다. 어떤 작가들은 삶과 글쓰기를 대척점에 놓는다. 삶을 '살아내는' 일과 '글 쓰는' 일을 대립적이라 느끼며 글을 쓴 다음에 삶을 누리고, 삶을 충분히 누리고 나면 글 쓰는 일을 해야 한다고 느낀다. 그런 도식은 나도 잘 알고 있고 때로는 공감하지만, 내가 지향하는 '글 쓰는 삶'은 아니다.

정확히 어떤 글이 그런 효능을 주는지는 모르겠으나, 종종 어떤 글은 나를 이 삶에, 이 땅에, 내가 발 딛고 서 있는 이 현재에 더욱 밀착시켜준다. 나의 생활영역에서 나를 떼어내어 어떤 구름 위로, 상상의 공간으로, 현실과 분리되고 괴리된 영역으로 가져다놓는 게 아니라, 나의 생활영역을 더 농도 짙게 호흡하게 하면서, 내가 속한 이 삶을 있는 그대로 살 수 있게끔 도와준다. 삶을 더 생생하게, 더 현실감 있게, 더 풍요롭게 만들어주는 글쓰기가 있다.

그런 글쓰기가 단순한 '일기 쓰기'인 것은 아니다. 그렇다고 현실을 미화하고 의미를 덧씌우는 일방적인 작업도 아니다. 그보다는 늘 머리 위 어디쯤에 떠 있는 정신을 가라앉히고 나의 자아나 존재를 이 삶에 소속시키는, 그러한 감각과 높이에서 실현되는 글쓰기라는 것이 있다. 그런 글을 쓰고 나면 확실히 삶이 더 좋아진다. 나를 둘러싼 이 삶 전체가 더 다정해지고, 더 소중해진다. 고요한 미소가 입가를 맴돈다.

한편 삶이 견디기 힘들 때, 팍팍하고 답답할 때, 도무지 내 삶이 올곧게 정돈되어 조화롭게 나아간다는 느낌이라곤 들지 않을 때, 어디서부터 손을 대야 할지 알 수 없을 때, 글쓰기는 이 현실에 대한 도피로 종종 활용된다. 그럴 땐 단지 이 현실을 견디기 위해, 조금은 잊기 위해 글을 쓴다. 그런 글쓰기는 확실히 삶을 견뎌내는 데 도움을 주지만, 삶을 정답게 재정돈해주지는 못한다. 그저 그런 글이라도 쓰지 않으면 견딜 수 없기 때문에 어쩔 수 없이 쓸 따름이다.

그런 글은 나중에 돌아보면 그다지 좋은 맛이 느껴지지 않는다. 문장과 문장이 끽끽대며 비명을 지르는 것처럼 느껴지기도 하고, 그저 쓰레기통에 넣어두는 것 외에 어디 활용할 방법도 떠오르지 않는다. 그럼에도 그 시절, 그 시간, 그러한 글이라도 쓸 수 있어서 나는 아마 견딜 수 있었던 것이리라.

내 삶을 보다 정답게 느끼게 해주는 글쓰기를 하며 살고 싶다. 나를 둘러싼 삶의 복잡다단한 조건을 어떤 묘한 드로잉과 색채로 뒤섞어 삶을 채색해주는, 인상파의 그림 같은 글을 쓰고 싶다. 그런 글로 인해 나도, 내 곁의 사람도, 나를 둘러싼 사람도, 그리고 저 너머의 많은 사람도 자신의 삶을 한결 정답게 느끼면 좋겠다. 그런 글들, 은은한 색감의 어떤 세부들로 가득한 나의 에세이집 한 권을 갖고 싶다. 그런 책 한 권이 내 책장에 꽂혀 있으면, 언제 열어봐도 평생 내가 나에게 주는 위안을 얻을 수 있을 것만 같다.

각자의 삶은 각자에게 전적이다

요즘 내가 가진 모든 것을 쏟아낸다는 느낌으로 임하는 일
은 글쓰기 모임이다. 한 달에 두어 번 정도 있는 모임이고, 시간
도 몇 시간 정도밖에 되지 않지만, 적어도 그 시간에는 내가 가
진 모든 것을 내어놓으려 한다. 아끼거나 숨겨둔, 알리고 싶지
않은 비밀, 비법, 기술 같은 건 없다. 글쓰기에 관한 모든 것, 지
난 10여 년간 혹은 20여 년간 내가 글을 쓰면서, 글쓰기 언저리
에 있으면서 읽고 느끼고 얻은 것은 모두 다 꺼내놓고자 한다.
그러지 않을 이유가 없기 때문이다. 오히려 그래야만 하는 이유
가 있다면 있을 것이다.

누군가는 나로 인해 시간을 절약할 수 있다. 덜 돌아갈 수
있고 더 정확히 갈 수 있다. 열지 못했던 문을 열 수도 있고 갈
수 없었던 길을 갈 수도 있다. 누군가가 그렇게 자신의 길을 갈
수 있다는 것은 나에게 아무런 손해가 되지 않는다. 설령 내가
도움을 준 누군가가 나보다 더 대단한 작가가 되고 내가 얻지

못한 것들을 얻더라도, 그 역시 내게는 손해가 아니다.

문화의 최첨단, 가장 세련되고 뛰어난 모든 것이 집약되어 있다는 서울 혹은 수도권에서 멀리 떨어진, 지금 내가 있는 이곳 부산에도 글을 쓰고 싶어 하는 사람들이 있다. 글쓰기에 대한 열망만큼은 저 '중앙'과 다르지 않은 사람들이 있다. 내가 이곳에 머무를 날도 그리 많지 않을 것이고, 이런 일에 나를 내어놓을 수 있는 시간도, 기회도, 나날도 또 그리 많지 않을 것이다. 내가 닿을 수 있는 사람도 많지 않을 것이고, 내가 쓸모 있는 날도 그리 오래가지 않을 것이다. 나는 아직 내가 쓸모 있고, 시간이 있고, 내 안에 가득한 재료가 뜨거움이 식지 않은 채 남아 있는 이 시절에, 누군가에게 이런 것들을 전해야 한다고 느낀다. 그래서 이 시간만큼은 충실히 임하는 것이다.

물론 세상에는 나보다 대단한 작가도 많고, 더 훌륭한 수업이나 모임도 많고, 꼭 나를 통하지 않더라도 좋은 기회들은 있을 것이다. 굳이 내가 함께하지 않더라도 글쓰기는 이어질 것이고, 저마다의 만남이 있을 것이다. 그러나 그것은 그저 세상의 문제이고 사회의 문제이며 그들의 문제이지, 나의 문제는 아니다. 세상에서 내가 얼마든지 대체 가능하고, 또 이 세상 전체에서 나라는 존재가 최선도 아니며 최고도 아니라는 사실은 상관이 없다. 나는 세상의 맥락에 따라 세상에 충실한 게 아니라, 내 삶의 맥락에 따라 나에게 충실한 것이기 때문이다. 나는 단지 내 삶 안에서, 나의 맥락에 따라, 내가 내어놓고 꺼내놓고 건네주는 일에 절박할 만큼 충실해야 한다고 느낀다.

어쩌면 우리의 존재란 그런 것이다. 세상 전체에서 보자면야 모든 인간은 대체 가능하고, 한낱 부품일 뿐이고, 먼지 같은 존재다. 그러나 각자의 삶은 각자에게 전적이어서, 우리는 그 속에서 충실함을 느낀다. 내가 하는 말, 내가 꺼내어놓는 것들, 내가 전하고자 하고 주고자 하는 것들, 그것들은 다 이 세상에 없어도 그만인 것들이다. 그러나 내 삶에서는 그렇지 않다. 나는 그런 것들에 충실하면서 내 삶을 얻기 때문이다.

글은 사라지지 않을 것이다

텍스트 매체의 몰락에 대해 우려하거나 개탄하는 사람들이 적지 않다. 나 또한 텍스트보다는 영상이나 이미지가 주류가 되어가는 세태가 아쉽긴 하다. 그런데 한편으로는, 과연 그게 한탄하고 불평할 만큼 엄청난 몰락인지 의심스럽다. 기존의 문자에 기반을 두고 기세등등하던 매체들이 급속도로 곤란해지고 있는 건 사실이다. 이를테면 신문, 잡지, 단행본 도서 등의 시장은 확실히 쇠퇴한 면이 있다. 그러나 문자 자체의 소비가 적어졌다고 보기는 어렵다. 여전히 수많은 사람이 어마어마한 텍스트를 매일 읽어내고 있기 때문이다.

포털 메인의 뉴스는 기사마다 수만 명에서 수십만 명이 읽는다. SNS나 각종 온라인 커뮤니티가 하루에 생산하는 텍스트는 얼마 정도일지 감도 안 잡힌다. 수많은 사람이 블로그나 페이스북, 브런치에 글을 쓰고 읽으며, 웹진이나 온라인 언론도 셀 수도 없이 많아졌다. 요즘 세대가 유튜브를 많이 이용한다곤 하지만, 과거 세대는 하루 종일 TV나 라디오를 틀어놓고 살았다. 여전히 읽는 사람은 적지 않다. 텍스트는 더 많아졌고, 글이 사람들에게 닿을 수 있는 통로나 가능성도 무척 다양해졌다. 오히려 과거 몇몇 일간지나 잡지 등이 독점했던 발행권, 독자와 접촉할 수 있는 수단, 저자의 자격이 상당히 분화되었다고 보는 편이 맞을 것이다.

문자는 몰락할 가능성도 없고, 몰락하지도 않을 것이다. 다만 기존의 종이책이 일부 전자책으로 대체되고, 일간지나 문예지 등에도 기술적인 변화가 있을 것이다. 과거보다 문자를 이용한 소통은 훨씬 활발해졌다. 예전 같았으면 전화로 혹은 만나서 했을 말을 글로 쓰는 일이 더 많아졌다. 또 그렇게 글을 쓰면서 한 번 더 생각하고, 성찰하고, 반성하며, 피드백을 주고받는 형태의 소통이 활발해지고 있다. 기존의 가치관에 대한 문제 제기, 다양한 성향, 특히 자신의 성향에 대한 긍정, 여러 문제에 대한 '불편함'을 기반에 둔 성찰이 보편화되고 있다.

글을 쓰는 사람이라면, 세태에 대해 불평을 되풀이하거나, 비관적인 전망에만 빠져 있거나, 개탄하는 일에 매몰되기보다는 그저 계속 쓰면 되지 않을까 싶다. 실제로 세상에선 정말 다양한 유형의 작가들이 발굴되고 있다. 예전 같으면 문예지에서 등단한 문인이나, 언론사에서 인정한 칼럼니스트나, 학계에 한 발 걸치고 있는 학자가 아니라면 글을 쓸 수 없었다. 그러나 이제는 기성 제도권의 인준 없이도 더 많은 사람과 소통하고, 더 많은 공감을 얻고, 더 중요한 글을 쓰는 사람들이 생겨났다. 나는 문자문화에 관한 한 이 시대의 몰락은 기성 제도의 몰락, 문자 기득권의 몰락, 기성 권력의 몰락에 가깝다고 생각한다.

읽는 사람이라고는 글을 아는 선비들뿐이던 시절에도 글쓰는 사람은 있었다. 혹은 살아생전 아무도 그의 글을 읽지 않아도, 어느 섬에서 유폐된 채 글 쓰는 작가도 있었다. 출판문화가 거의 유일한 대중매체였던 시절, 아이돌이나 스타 같은 작가도 있었고, 또 제도권의 비호를 받으며 권력자처럼 글 쓰는 사람도 있었다. 지금은 글쓰기가 끊임없이 탈주하며 각자의 영토를 만들어나가는 세상이다. 이 시대에 글을 쓸 사람은 계속 쓴다. 글 쓰는 사람은 누가 뭐라 하든 계속 달리는 마라톤 선수와 같아서, 패배주의에 빠져 한탄만 하는 존재들과는 가장 반대편에 있다. 글쓰기에 관한 한 들을 가치가 있는 말은 계속 쓰는 사람의 말뿐이다. 쓰지 않는 사람의 개탄은 미세먼지처럼 멀리 대양으로 날려버려도 별반 상관이 없다.

문자를 통한 우주

　문자는 터무니없을 정도로 단순하게 생겼다. 그런데 흰 바탕에 검은 선이 그려내는 이 무미건조하고 볼 것 없는 문양이 세상의 모든 것을 담아낸다. 문자가 지시하는 문자 너머의 세계에는, 어떤 영상으로도 표현할 수 없는 광대한 상상이, 그 밖의 방법으로는 설명할 길 없는 심오하고도 복잡한 이야기들이 기다리고 있다. 문자는 그 광대한 세상으로 들어서는 문과 같은데, 그 문에는 오직 인간만이 들어설 수 있다.

　세상에는 다양한 표현 방식이 있다. 그런데 문자를 제외하고는 대부분 감각적이고 즉각적이다. 아름다운 음악, 다채로운 색감, 풍요로운 촉감과 향기로운 냄새 등은 거의 모든 동물이 인식할 수 있다. 그들 역시 음악의 선율을 따라 몰입할 수 있고, 화려한 영상에 홀린 채 현실을 잊을 수 있고, 다양한 맛과 냄새를 향유할 수 있다. 그러나 언어를 통해 저 거대한 의미와 상상의 세계에 접근하는 일은 오직 인간만이 할 수 있고, 저마다 서

문자가 지시하는 문자 너머의 세계에는,
어떤 영상으로도 표현할 수 없는 광대한 상상이,
그 밖의 방법으로는 설명할 길 없는
심오하고도 복잡한 이야기들이 기다리고 있다.

문자는 그 광대한 세상으로 들어서는 문과 같은데,
그 문에는 오직 인간만이 들어설 수 있다.

로 다른 자기만의 세계에 입장하게 된다.

하나의 소설을 읽고 같은 세계를 떠올리는 사람은 없다. 그들 머릿속에서 인물들이 거니는 세계의 풍경, 얼굴 모습, 목소리 톤은 저마다 다르다. 또한 어떤 문장을 읽고 그것을 이해하며 받아들일 때도, 모든 사람이 각자 다른 맥락에서, 다른 측면에 주목하며 받아들인다. 문자는 우리 안의 광대한 우주를 만나게 하며, 오직 문자만이 그런 폭발적으로 확대되는 세계를 품고 있다. 그래서 문자를 대하는 일은 즉각적이기보다는 간접적이고, 문자라는 다리를 건너는 일이며, 어떤 장소에 홀로 입장하는 일이다.

근래에는 온갖 시각적이고 청각적인 화려함이 세상을 사로잡고 있다. 그 앞에서 문자의 무미건조함은 그다지 설 곳이 없어 보이기도 한다. 볼거리가 많은 영상, 화려한 입담, 현란한 선율이 사람들을 곳곳에서 초 단위로 사로잡기 때문에, 흰 바탕에 덩그러니 놓인 문자는 매력적이지도 않고, 어딘지 지루해 보이며, 답답해 보이기까지 한다. 굳이 '문자를 통한 우주'에의 입장 없이도 즉각적으로 감각의 반응이 일어난다. 매개할 필요 없이 곧바로 향유할 수 있는 자극이 세상을 뒤덮고 있다. 현대 사회의 '동물화'라는 것은 이처럼 감각 위주로 모든 게 돌아가는 측면을 말하는 것이기도 하다.

즉각적인 것들이 주는 좋은 시간을 그 자체로 부정할 수는 없다. 부드러운 음악을 듣고, 알록달록한 칵테일을 마시고, 번 쩍이는 화려한 영상을 뚫어지게 쳐다보며 홀려 있을 때 즐거움과 행복이 찾아오기도 한다. 하지만 아쉬운 것은 그런 너무 많은 화려함 때문에 오직 문자만이 초대할 수 있는 더 광대하고 다채로우며 깊은 세계에 대한 접근은 점점 차단되어간다는 점이다. 오직 문자로만 이해할 수 있는 당신의 깊은 마음, 우리의 관계, 문자를 매개해서만 정확하게 되살릴 수 있는 나만의 기억들, 내가 품어온 꿈과 세상에 대한 이해, 무한하게 펼쳐질 수 있는 상상적인 세계가 점점 이 세상에서 사라지고 있다. 나는 그것이 아쉽다.

여행이나 일상에서 사진도 많이 찍고 동영상도 많이 남기려 한다. 그것들은 때때로 생생하게 그 순간을 살려낸다. 하지만 어디까지나 순간일 뿐이다. 결국 그 시절을 통째로 가장 정확하고 깊이 있게 기억하게 하는 건 그때의 이야기이고, 그 시절 남겨두었던 나의 언어들이다. 여행 이야기든 신혼 이야기든, 사진이나 영상은 작은 퍼즐조각밖에 되지 못한다. 그것은 하나의 앨범이나 액자가 될 수는 있어도, 그 시절을 온전히 살려내거나 이 삶을 온전히 품을 수는 없다. 그것들만으로는 삶을 지켜낼 수도, 기억할 수도, 이어갈 수도 없다. 삶이 감각의 수면 위로만 지나가는 게 아니라, 내면적인 깊이로 이해되며 받아들여지기 위해서는 결국 자기만의 언어를 가져야 한다.

어쩌면 가장 단순한 것이 가장 거대하고 깊다. 우리 시대가 점점 그 거대함과 깊이를 잃어가는 것 같아 아쉽다. 마치 어느 숲속에 버려진 가장 맑고 아름다운 우물이 있는데, 그 우물로 들어가면 믿을 수 없는 신화의 세계가 펼쳐진다는 걸 이제는 아무도 모르게 된 것처럼, 언어 너머의 세계는 잊히고 있다. 그 세계에 대한 접속법을 잃어버리는 것은 확실히 인간에게, 또 각자에게, 이 삶에 치명적인 상실일 것이다.

가장 진실한 방식

　내 글이 글이라는 매체의 확장과 복권에 조금이라도 기여하면 좋겠다. 그에 비한다면 글 쓰는 사람들끼리 벌이는 서로의 독자를 빼앗는 경쟁이나 담론의 헤게모니 쟁탈전 같은 것은 차라리 부차적으로 느껴진다. 이미 글 쓰는 사람들끼리는 노아의 방주 같은 것을 함께 탄 처지라고 느껴서인지, 좋은 글이 많이 읽히는 데는 질투심이나 열등감 같은 것이 거의 없다. 오히려 평소에 글을 가까이하지 않는 사람마저 다가오게 하는 멋진 글이라면, 얼마든지 읽혀나가 사람들을 매혹했으면 좋겠다.

　정말 텍스트라는 매체는 그 지경까지 왔다. 글은 확실히 여타 자극적인 콘텐츠에 비해 즉각적인 소비에 뛰어나지는 않다. 소설에 진득하게 몰입하기보다는 온갖 현란함으로 무장한 종합예술인 영화나 애니메이션이 훨씬 끌려들어가기 좋고, 묵직한 담론이 담긴 인문서 한 권 읽는 것보다는 다양한 감성을 더한 영상 콘텐츠를 보는 게 더 매혹적이다. 사람들의 돈을 빼앗으라는 지상명령을 넘어, 이제는 시간을 빼앗으라는 소비사회의 명령을 수행하는 데 글은 다소 적합하지 않다.

하지만 글 자체가 이 시대에 뒤처져서 열등한 매체가 되었다고는 볼 수 없다. 오히려 이 사회 전체가 아주 작은 틈새 시간마저 모조리 빼앗아 소비시킴으로써, 그러한 시간을 돈으로 환산하는 데 무척 적극적으로 모든 콘텐츠를 동원하고 있음을 생각하면, 텍스트는 그에 대한 저항의 의미를 지닌다. 분 단위의 영상, 그 사이사이 들어가는 광고, 틈새 시간에 몰입하게 하는 게임, 그리고 그 게임이 요구하는 온갖 결제에 비해, 글은, 아니 적어도 책은 그런 식으로 시간을 빼앗아 돈으로 바꾸는 데 환장한 매체는 아니다. 오히려 도서관에서 빌린 책 한 권은 그러한 모든 자극적이고 소비적인 콘텐츠로부터 가장 강력한 보호막이 되어줄 수 있다.

나는 글로 쓰인 삶이나 일상이 사진이나 동영상으로 보이는 것보다 더 아름답고 풍부한 인상을 전달해주며, 그를 넘어 삶의 어떤 진실까지 이야기할 수 있다고 믿는다. 특히 기억에 관한 한, 오직 자기만이 알고 있는 자기 영혼에 새겨진 그 나날들에 대해서는 글이 가장 진실한 방식으로 접근할 수 있다고 생각한다. 또한 인간이나 삶, 사회나 세계에 관해 글은 그 무엇보다도 깊이 있고 밀도 높은 고찰을 가능하게 하여, 다른 매체보다 월등히 뛰어나다고 느낀다.

글은 사람들에게 저마다 자신의 상상력으로 자기 자신을, 세계를 대하는 법을 알게 한다. 시간을 무수히 잘게 쪼개어 그 틈마다 새겨진 비밀들에 다가갈 수 있게 한다. 또한 그 시간으로부터 규정되는 우리 자신에 대해 가장 잘 알게 하고, 우리를 언어의 힘으로 지탱하게 한다. 우리는 바로 그 언어의 힘 위에서 이 삶을 가장 단단하게 이어갈 수 있다.

글 쓰는 일이 점점 나의 생계 자체와 무관해져간다 할지라도, 나는 글쓰기를 포기하지는 않을 생각이다. 그 이유는 여러 가지가 있겠지만, 그중 하나는 더 많은 사람에게 글이, 글 속에 담긴 어떤 시선이 주는 확실한 아름다움과 심오함을 알리고 싶기 때문이다. 내가 이 세상을 위해 할 수 있는 일은 아마 많지 않을 것이다. 그중 하나가 텍스트라는 매체의 소중함과 아름다움, 풍부함과 멋짐에 대해 알려주는 일이라고 생각하면, 참으로 온당한 일을 하고 있다는 기쁨을 느낀다.

상처 난 몸으로 사막을 건너듯

언젠가는 슬픔에 관한 글을 많이 썼는데, 근래에는 어쩐 일인지 고통에 관해 자주 생각하게 된다. 슬픔은 아름답지만, 고통은 아름답지 않고 때론 처절하고 불길하다. 슬픔은 어쩐지 그 속에 젖어들게 만들지만, 고통은 그로부터 벗어나고 싶게 만든다. 슬픔은 삶을 위로하고 머물게 하지만, 고통은 삶을 무너뜨리거나 나아가게 하고 극복하게 한다.

슬픔은 지금 여기에 존재하는 모든 것을 가만히 응시하고 거기에 깃든 진실을 받아들이게 한다. 이 시간이 끝날 거라는 사실, 수많은 이별이 예정되어 있다는 사실이 절절하게 다가오면서 삶을 붙잡고 싶게 만든다. 슬픔 속에는 삶에 대한 묘한 긍정이 있어서, 지금 여기에 속한 모든 것에 안타까운 애정을 갖게 한다. 그래서 슬픈 시선으로 삶을 바라볼 수 있다는 것은 축복 같은 데가 있다.

반면 고통은 삶에 생긴 균열이고, 삶의 부서짐이고, 정돈

되지 않은 채 삶이 조각난 상태에 가깝다. 그런 조각남은 그 자체로 어딘지 견디기 힘든 데가 있어서, 그저 어서 이 시간이 지나가길 바라게 된다. 다시 조각들이 기워지고 이어붙여져, 삶이 하나의 온전함으로 되돌아올 시절을 기다리게 된다. 삶의 안정과 평온을 바라게 되고, 상처 난 몸을 이끌고 사막을 건너듯이, 어떻게든 이 악물고 이 시절을 이겨내야겠다는 마음이 든다.

우리 사회에 슬픔과 고통 중 어느 것이 더 흔하냐고 한다면, 아마 고통일 것이다. 고통은 도처에 널려 있다. 거의 모든 사회 구성원들이 고통을 호소한다. 아이들은 일찍부터 입시 스트레스와 친구들 간의 비교로 우울증에 시달리고, 청년들은 취업의 문턱 앞에서 죽음과 같은 공포와 불안을 느낀다. 육아를 하는 여성들은 경력단절로 인한 자아의 상실감에 허우적대고, 직장인들은 불안정한 위치와 사회생활에 존재하는 온갖 모욕감을 견뎌내느라 고통스러워한다. 갱년기 우울증이나 은퇴를 둘러싼 삶에 대한 불안, 노년의 높은 자살률, 이런 것들은 우리 사회가 온통 고통으로 가득 차 있고, 부서지고 균열된 채로 견뎌내고 있는 삶들로 메워져 있음을 보여준다.

그에 비해 슬픔은 어딘지 은폐되어 있다. 달리 말하면, 슬픔에 젖어 삶을 응시하고 받아들일 만큼의 여유조차 허락되지 않는다. 내가 어떤 시절 슬픔에 젖을 수 있었다면, 그것은 그 자체로 혜택에 가까웠을 것이다. 마음껏 삶을 슬퍼할 수 있는 권리, 그 슬픔에서 빠져나오지 않을 수 있는 권리, 그렇게 삶을 슬퍼하고 아름답게 여기며 사랑할 수 있는 권리. 이런 것들은 어쩐지 삶을 누릴 수 있는 자의 특권처럼도 느껴지는 것이다. 근래 나는 아이가 태어났을 때 가장 슬펐다. 우리에게 찾아온 가을, 아이와 머무는 저녁, 우리를 둘러싼 모든 순간이 소중하고 아쉬워서, 그토록 슬펐다.

슬픔에 관해 말할 수 있는 것조차 하나의 축복이라는 것이 요즘에는 이해가 된다. 삶에 고통이 많을 때는 슬퍼할 겨를이 없고, 잠시 그 고통을 이겨낸 기쁨의 순간들과, 다시 그 순간들이 물러나고 찾아오는 삶의 부서진 조각들뿐이다. 요즘 나는 그 조각들을 부여잡고 안간힘을 쓰며 어떻게든 계속 끼워 맞춘 채로 억지로 들고 있는 듯한 느낌이 든다. 슬프고 아름다웠던 시절이 있었다면, 이제는 고통스럽고 기쁜 순간들의 조각들을 부여잡고 있다.

그리고 그런 고통 속에서 이해하게 되는 것들이 있다. 많은 삶이 고통을 부여잡고 견디듯이 이어지고 있음을, 이어져 왔음을 어렴풋이나마 알게 된다. 그런 앎을 경험한다는 것은 어딘지 쓸쓸하다. 너무 많은 사람들이 그래왔고, 그럴 거라는 사실을 이제야 짐작하고 아는 것은 어딘지 부끄럽다. 그런데 알 것 같아서, 때론 참을 수 없는 기분을 느낀다. 아마도 세상에는 고통을 치유받아야만 하는 그런 삶들이 무척 많을 것이다.

가라앉을 것 같은 날일수록

삶을 가장 절망적으로 만드는 것은 이상에 미치지 못하는 현실과 관련되어 있는 듯하다. 하고 싶은 일들이 뜻대로 되지 않을 때, 나의 현실이 나의 이상에 미치지 못할 때, 사람은 답답함, 좌절감, 절망감, 권태감, 분노감에 빠져든다. 그런데 삶에서 이상과 현실은 대개 서로 맞을 수 없기에, 결국 중요한 것은 이상의 실현보다는, 이상이 실현되지 않는 시간들을 어떻게 살아낼 것인지가 아닐까 싶다.

어떤 일을 계획하거나 꿈꾸고, 마음을 먹고 추진하고, 그것이 어느 정도 달성되어간다면 당연히 별문제가 없을 것이다. 원하는 사람을 만나 연애하고, 결혼을 원하면 결혼하고, 원하는 직장에 들어가고, 집을 얻고 싶으면 집을 얻고, 행복을 원하면 행복하고, 자유롭고 싶을 때 자유롭다면 인생에 문제될 게 없다. 그러나 원하는 것의 절반조차 실현될 수 없기에 인생에 문제랄 게 생긴다. 때론 미쳐버릴 것 같고, 죽고 싶고, 우울에 젖어 빠져나올 수가 없다.

흔히 그럴 때는 이상이나 꿈을 애초에 적절하게 설정하거나, 아예 기준을 대폭 낮추라는 식의 이야기가 많다. 그러나 이상이나 욕망의 기준을 낮게 잡는다고 하더라도 그런 이상이나 욕망이 늘 달성되는 건 아니다. 사실 원하는 것의 기준을 높게 잡든 낮게 잡든 인생에는 늘 어떤 불만족, 달성 불가능함, 혹은 원하는 대로 이루어지지 않는 시간이 항상 존재하며 따라다닌다. 그러므로 핵심은 성취감이나 만족감을 자주 느끼는 데 있다기보다는, 불만족이나 비도달, 비성취 상태를 어떻게 견디느냐에 있다.

이런 상태를 견딜 줄 모르면 삶이 묘하게 뒤틀리거나 파괴된다. 과식을 해서 건강을 해친다든지, 도박에 빠져 그나마 모아두었던 재산도 모두 잃는다든지, 알코올이나 니코틴에 지나치게 의존하게 된다든지, 분노를 참지 못해 주변 사람들에게 폭력을 휘두른다든지, 자존감이 지나치게 낮아져서 스스로를 학대하는 등 여러 일들이 궁극적으로는 '불만족 상태'를 온전히 견디지 못하는 것과 관련되어 있을 때가 많다.

마치 세상이 나를 돕는 것처럼 무엇이든 내 뜻대로 물 흐르듯 흘러가고, 모두가 원하는 일임에도 운이 좋아서 나만 선발되고, 경쟁에서 이겨 나만 승리하고, 내 집값, 내가 고른 주식 가격만 오르고, 코로나 시국에 남들 다 도산해도 내 가게만 잘 된다면야 인생을 사는 별다른 기술도 필요 없을 것이다. 그러나 삶이 그와 반대로 흘러갈 때야말로 진짜 삶의 기술, 진정으로 삶을 이겨내거나 견뎌내는 기술이 빛을 발해야 한다. 뜻대로 되지 않는 시간에 망가지지 않고, 그 시간을 이겨내는 이들이 결국에는 삶을 제대로, 잘 살 줄 아는 이들일 것이다.

결국 삶이 더디 흘러가거나 반대로 흘러가는 듯 느껴질 때, 스스로가 가라앉지 않게 다시 수면 위로 자신을 띄워 올릴 수 있는 삶의 장치들이 필요하다. 아무런 의욕이 없을 때, 무너지지 않게 나를 다시 일으켜 세워줄 무언가가 있어야 한다. 내가 잘하고 있는지, 어디로 가는지 알 수 없을 때, 그럼에도 계속 걸어갈 수 있게 하는 무언가가 존재해야만 한다. 그런 건 대개 마음의 힘만으로는 불가능하고, 일상을 이끄는 의식이나 자기만의 습관화된, 믿을 수 있는 일련의 행위 같은 게 있어야 한다.

아무래도 나에게 그것은 글쓰기이다. 쉬지 않고 쓰는 일이, 마치 늪 속에 빠진 사람을 끄집어내는 굴착기처럼 결국에는 나를 다시 삶의 흐름 위로 되돌려놓는다고 믿는다. 아무리 의욕 없고, 망가진 것 같고, 가라앉을 것 같은 날에도 글 한 편 쓰는 일만 해낸다면, 그 하루는, 그다음 날은 조금씩 다시 떠오르기 시작한다. 그 이유는 명확하지는 않지만 내 글쓰기 안에 누군가와 연결되는 힘이 있기 때문일 것이다. 사람이 사람을 살린다는 말처럼, 글쓰기 안에 있는 어떤 힘이 내 손을 잡고 다시금 잡아당기는 게 아닐까 싶다. 무엇이 되었든 사람은 자기를 구하는 방법을 알아가야 한다. 삶에는 반드시 스스로를 구해야만 하는 순간들이 계속 찾아오기 때문이다.

내 글은 내 것이 아니다

나는 내 글이 공공재라고 생각한다. 아니, 그보다는 글이라는 것 자체가 누군가의 온전한 소유는 될 수 없다고 믿고 있다. 내가 쓰는 표현, 나의 생각, 나의 논리 전개 같은 것들은 온전히 내 것이 아니다. 그것들은 모두 누군가로부터 전해 받은 것이고, 얻은 것이며, 빌린 것이다. 내 안에서부터 순수하게 탄생한 나의 것이 아니며, 오히려 나는 그 무한한 글쓰기의 관계들, 언어의 강물에 몸을 맡긴 하나의 매개체 혹은 전달자에 불과하다.

세상의 무수한 생각, 말, 사상 속에 나는 유령처럼 부유하고 있다. 그것들이 온통 나를 통과하는 가운데, 단지 나는 하나의 뜰채 같은 것이 되어 나의 맥락에서 몇 가지 언어를 주워 올릴 뿐이다. 나는 그것들이 가능하면 진실에 가까운 언어들이기를 바랄 수 있을 뿐, 내가 건져낸 말들이 정말로 옳은지, 절대적으로 타당한지는 알 방법이 없다고 느낀다. 단지 내 손끝을 통해 건진 것들이 온당한 진실에 가깝기만을 기도할 뿐이다.

책을 쓰고 나면, 그 책을 인상 깊게 읽은 누군가가 책에 실린 문장들을 마치 자신의 언어처럼 쓰는 일들을 보게 된다. 이를테면 《분노사회》나 《인스타그램에는 절망이 없다》 등을 썼을 때 몇몇 칼럼이나 글에서 책의 상당한 부분을 거의 수정도 하지 않은 채, 인용 표시도 없이 자신의 문장처럼 쓴 경우들을 봤다. 처음에는 화가 나서 신문사에 항의할까 생각도 했지만, 그냥 내버려두었다. 어차피 내가 드러내고자 했던 그 어떤 진실, 세상에 전해지길 바랐던 이야기, 많은 사람이 들어주었으면 했던 말이 한 사람에게라도 더 전해진다면 그것으로 됐다고 생각했기 때문이다. 어차피 나의 문장들, 나의 언어들도 순수한 내 것이 아니다.

물론, 내가 쓴 글은 내 것이 맞다. 그래서 그것들을 내 이름으로 출판하고 이익도 얻는 것일 테다. 하지만 글을 쓰면 쓸수록 더 많은 말들에, 앞서 글을 썼던 어떤 사람들에게, 더 깊이 사유했던 누군가에게 빚을 지는 듯하다. 동시에 그러한 빚을 갚아나가고 있다고 느끼기도 한다. 그 어떤 이들의 언어, 세상에 전해져야만 하는 말들을 전하는 데 나 역시 기여하고 동참하고 있다고도 느끼기 때문이다. 그러니 글쓰기란, 영원히 더 많은 빚을 지면서 그 빚들을 계속 갚아나가는 끝없는 과정인 셈이다.

내가 세상에 던졌던 생각 중 당시에는 우리 사회에 새로웠

내가 건져낸 말들이 정말로 옳은지,

절대적으로 타당한지는

알 방법이 없다고 느낀다.

단지 내 손끝을 통해 건진 것들이

온당한 진실에 가깝기만을 기도할 뿐이다.

으나 이제는 상식처럼 된 것들도 있다. 또 한편으로는, 누군가 가 던진 중요한 생각이 어느덧 나에게 닿고 전해져 내가 반복하는 일도 있을 것이다. 그것은 마치 물에 물감이 풀려 서로 섞이듯 자연스러운 일이다. 그런 점에서 나는 글을 쓰는 사람들, 비슷한 진실이 이 세상에 도래하길 바라는 사람들 사이에는 묘한 연대가 있다고 느낀다. 그것을 누가 이루어도 좋다. 누가 더 결정적인 역할을 해도 좋고, 누가 더 빛나도 좋다. 단지 그 이야기가 이 세상에 퍼져 이 세상이 우리가 생각하는 더 나은 방향으로 변해가고, 누군가의 삶이 더 좋아진다면 그것으로 충분하다.

어떤 마음, 어떤 진실, 어떤 삶, 어떤 태도가 이 세상에 가득하길 바란다. 나는 그 '어떤 것'이 이 땅에 도래하길 바라는 돌멩이 하나다. 나의 글은 내 것이 아니고, 그 어떤 강물에 합류하는 한 줄기 시냇물에 불과하다. 그것이 세상을 더 낫게 할 것이고, 언젠가 나는 사라질 것이다.

모든 시절의 고고학자

"책을 보면, 청년 시절 타인들과 거리를 두고 혼자 보내는 시간을 참 사랑하셨다고 하는데, 여전히 그러신가요?"

얼마 전 강연장에서 들었던 질문이다. 질문을 듣고 약간 찔렸다. 사실 《고전에 기대는 시간》을 쓴 지 그리 오래되지 않았지만, 그 책에 담은 나의 이야기들과 지금 삶에는 확연한 간극이 있다. 그 책을 쓸 당시 나는 혼자 살았고, 그 책을 통해 청년 시절 내내 내가 홀로 견뎌왔던 나날들이 어떤 것인지를, 고전에 기대어 청춘을 견딘다는 것이 무엇인지를 이야기했다. 책에서 나는 홀로 먼 극지방의 툰드라를 상상하거나 우주의 별을 가까이 느끼면서, 혼자 있는 방을 어느 바다의 섬처럼 생각하면서 그 나날들을 사랑하는 법을 배웠다고 썼다. 그러나 이제 내가 삶을 사랑하는 방식은 그때와는 분명 달라졌다.

일단, 홀로 그렇게 자기만의 세계를 느끼고, 누리고, 상상할 수 있는 시간 자체가 거의 없어졌다. 가정 안팎의 의무들에

전방위적으로 시간을 쓰다보니, 내가 건져낼 수 있는 시간은 그 틈새들에서 겨우 마련할 수 있는 글쓰기 시간 정도이다. 실제로 지금도 내 몸 위에는 아이가 안겨 자고 있다. 조금 전 밥을 먹고 식기세척기에 그릇을 넣는 동안에도 아이는 계속 내게 안겨 자고 있었다. 아이와 놀아주면서, 아이를 재우면서, 글도 쓰고 밥도 먹고 할 일도 해야 한다. 전에는 한 시간씩 욕조에 들어가 있거나 오랫동안 샤워하는 것을 좋아했다면, 요즘 샤워는 10분 내외로 줄였다. 잠도 줄이고, TV도 끊고, 친구도 거의 만나지 않으며 내 시간을 확보해야만 하는 입장이다.

그러니 내가 있는 이 공간을 어느 섬으로 상상하며, 마치 바닷가에 머무는 듯한 마음으로 글을 쓰고 책을 읽고 세계를 느끼는 순간들이란, 내가 그토록 사랑했던 어떤 세계에 대한 감각이란, 이제는 참으로 멀어진 것일 수밖에 없다. 그런 점에서 《고전에 기대는 시간》은 내 청년 시절의 박제, 그 시절의 증언 같은 것이지만, 현재 내 삶이 기대고 있는 지평을 온전히 담아내지는 못한다. 나는 그 책을 끝으로 청춘과 작별을 고했다. 대신 그렇게 청년을 한 책에 남겨두었고, 이제는 다른 삶을 살고 있다.

그런데 내가 쓴 모든 책은 내게 그 시절의 증언과 같은 데가 있다. 《청춘인문학》은 그야말로 내가 청춘일 때, 내 청춘을 위해, 앞으로 내 삶의 기준을 스스로 얻기 위해 쓴 책이었다. 《당신의 여행에게 묻습니다》는 나 스스로 여행의 의미를 해명하고 싶어서, 특히 청년 시절 배낭여행을 이해하고 싶어서 썼던 책이다. 《고전에 기대는 시간》은 청년 시절을 마감하며, 내 청춘을 온통 지배했던 문학에 대해 마지막으로 말하고자 했던 책이다. 그 책들은 그렇게 쓰이면서 내 한 시절이 의지하는 돛대이자 피난처 같은 것이 되었고, 이제는 과거의 내 삶과 함께 박제된 어떤 증언들로 남았다.

앞으로 내가 쓸 책들도 다르지 않을 것이다. 지금 이 시절에만 쓸 수 있는 글들, 이 시절에만 유효하고 의미 있는 글들, 그리하여 결국 이 시절을 박제하고 증언하며 내 삶을 이끌어줄 그런 글들만을 계속 쓰게 될 것이다. 《행복이 거기 있다, 한 점 의심도 없이》 또한 한 시절 내 삶에 아주 알맞게 느껴진다. 예전에 나는 멀리서부터 무언가를 끌어오고, 나 또한 어딘가로 나아갈 것을 꿈꾸면서 행복에 관해 말할 수 있었다. 그러나 이제 행복은 여기 있다. 잠든 아이의 숨결, 아내와 함께 산책을 나가는 순간, 짬을 내어 글을 쓰고, 가족과 보내는 어느 주말. 이 나날들에 한 점 의심 없이 그렇게 삶이 자리하고 있다. 그 이후 출간한 책들도 다르지 않다.

내가 무언가를 지켜내며 사는 사람이기를 바란다. 삶은 늘 무언가를 잊는 일들로 가득해서, 사실 무엇 하나 지켜냈다고 말하기가 쉽지 않다. 하지만 나는 그 무언가를 지키기 위해, 지켰다고 믿으며, 지키고 싶은 마음으로 살아가고 있다. 어쩐지 글쓰기는 그런 지켜냄을 해내는 데 무척이나 탁월한 도구처럼 느껴진다. 그것이 착각이 아니기를 바라며, 계속 쓸 것이다. 나는 모든 시절을 수집하는 고고학자가 되고 싶다.

그를 위함으로써 나를 위하는

페이스북에 글을 올린 근 몇 년 동안, 평생 들은 것보다 더 많이 '감사하다'라는 말을 들었다. 사실 그런 말은 편의점이나 카페에만 가도 들을 수 있고, 서로 칭찬하며 감사하다는 말을 주고받는 일은 사회생활에서 기본이라고도 할 법하다. 그런데 나는 페이스북에 글을 쓰면서 진정으로 감사하다는 말을, 마치 처음으로 듣는 것만 같은 느낌을 받는다.

처음에는 '나 좋아서 쓴 글에 왜 감사하다는 거지. 페이스북의 인사 문화 같은 건가' 생각했다. 그런데 글을 꾸준히 쓰다 보니, 보편적인 그 인사가 문화라기보다는 특정한 종류의 글에 대해 몇몇 사람이 건네는 진심에 가깝다는 사실을 조금씩 알게 되었다. 글을 써서 그런 인사를 듣는 일은 내 삶에서 거의 일어 났던 적이 없었다.

나름 책도 여러 권 썼고, 칼럼도 여러 매체에 실었고, 종종 '통찰력이 뛰어나다'든지 '글을 잘 쓴다'는 이야기를 서평 등에서 읽은 적은 있었다. 하지만 감사하다는 말을 전해 듣는 경우는 거의 없었다. 그런데 생각해보면, 예전에 나는 누군가에게 진정한 위안을 주는 글, 그의 곁에서 함께하는 듯한 글을 내어놓은 적이 별로 없었던 것 같다. 말하자면 글을 통해 나의 진심을 건네준 적이 많지 않았다. 대부분은 오히려 나 자신을 위해, 내 내면의 문제를 해결하기 위해 글을 썼다.

그런데 언젠가부터는 나 자신을 위한 글에서 조금씩 벗어났다. 그 첫 번째 계기는 '우리'를 위한 글쓰기였다. 아내와의 삶을 소중히 간직하기 위한 글쓰기, 우리 둘의 삶을 보다 낫게 느끼기 위한 글쓰기, 아내와 함께 보다 온전한 삶으로 진입하고자 하는 글쓰기가 나를 스스로에게서 나오게 만들었다. 그다음에는 아이까지 우리 셋을 위한 글쓰기, 또한 어머니나 아버지를 생각하는 글쓰기가 있었다. 그 이후에는 나와 직접적인 관련은 없을지라도, 이해하고 공감해야만 한다고 느꼈던 어느 타자를 위한 글쓰기가 있었다. 그렇게 점점 나아갈수록 '감사하다'는 말을 듣는 경우가 늘어났다.

멋지다, 대단하다, 존경스럽다 같은 말들이 좋던 때가 있었다. 그런데 언젠가부터는 감사하다, 마음을 위로받는다, 따뜻해진다 같은 말들이 좋아졌다. 사실, 삶에서 꼭 들어야만 하는 말이 '당신 잘났다'는 아닐 것이다. 그보다는 누군가의 진심 어린 '감사하다'라는 말을 제대로 한 번만 듣는다면, 그 삶은 그 역할을 다한 것이라고 생각한다. 삶이란 필연적으로 누군가에게 사랑보다는 상처를, 이로움보다는 해로움을 더 많이 끼치는 과정이다. 그러나 그것이 역전되는 한순간이 있다면, 그 순간 죽어도 그 삶에는 여한이 없을 것이다. 그보다 나은 삶은 그리 많지 않다.

사실 나는 감사하다는 말을 믿지 않는 편이었다. 그런 말은 으레 하는 인사치레이거나 서로 이익을 주고받으려 건네는 말에 불과하다고 생각했다. 하지만 내가 진심을 다해 쓴 어떤 글이 백지에 닿고, 그 백지 너머에 있던 누군가의 마음을 울리고, 그 진심이 전해져오는 것만 같이 느껴질 때가 있다. 그때 누군가가 건네는 '감사하다'라는 말은, '그래, 이것은 정말 진심이다' 하는 묘한 확신을 느끼게 한다. 그러니까 정확히 말해, 나는 근래 그 확신을 어느 때보다 자주 느꼈다.

글을 쓰는 건 좋은 일이다. 바로 그런 확신을 자주 느끼게 해주기 때문이다. 살면서 누군가의 마음에 어떤 이로움을 주었다는 확신을 느낄 수 있는 순간이 얼마나 될까? 더군다나 누군가에게 준 이로움이 나에게 더 큰 이로움으로 돌아온다고 느끼는 일은 더 없지 않을까? 적어도 나는 글쓰기가 아닌 다른 일에서는 그런 것을 상상하기 어렵다. 나는 오직 글쓰기만이 그런 일을 해낼 수 있다고 믿는다.

나는 해로운 글쓰기를 하고 싶지 않다. 사람들의 마음을 보다 낫게 하고, 이롭게 하는 글쓰기를 하고 싶다. 그로써 나도 그 영향을 돌려받고 싶다. 물론 누군가는 나의 글을 싫어하고, 불편해하고, 마음에 들어 하지 않을 수 있지만, 그런 사람에게 는 그들에게 이로운 무언가가 있으리라. 그들은 그들 자신에게 이로운 것을 만날 것이다. 나는 나에게서 이로움을 얻는 어떤 이들을 위해 계속 글을 쓰고 싶다. 그들을 위함으로써 나를 위 하는 글쓰기를 하고 싶다.

세상에 대한 예의

매일 쏟아지는 무수한 글 중에서 읽히는 글을 쓴다는 것은 의미 있는 일이다. 누군가가 공들여 쓴 글들이 하루에도 수천 개는 쏟아진다. 신문사와 웹진에서 발행하는 칼럼들, 블로그와 페이스북의 글들, 매일 출간되는 책들이나 잡지들을 생각하면, 이미 하루 안에도 평생 읽을 수 없을 만큼 많은 글이 세상에 나오는 셈이다. 그리고 우리는 그중에서 연이 닿은 극소수의 글만을 만나게 된다.

그러니 내가 쓰는 글이 누군가에게 닿는 것도 기적 같은 일이다. 마치 어느 대륙에서 출발한 돛단배가 망망대해에서 작은 무인도를 만나는 것처럼 드물고 어려운 일이다. 그에 관한 합리적인 이유를 찾긴 어려울 수도 있다. 내 글이 세상의 다른 모든 글보다 아름답고, 뛰어나고, 의미심장해서는 아닐 것이다. 오늘 세상에 나온 글 중에는 분명 내가 쓴 글보다 가치 있고 빛나는 글이 있을 것이다. 그럼에도 그 글 대신 내 글이 닿는 사람들이 있다. 그런 일은 우연에 아주 큰 부분을 빚지고 있다.

그렇다면 역시 아무렇게나 글을 쓸 수는 없다는 생각을 하게 된다. 한 번의 닿음이 기적이고, 절실한 우연이자, 절묘한 인연이라고 생각한다면 말이다. 그래서 가능하면 정갈한 마음으로 내가 믿는 진실을 온전히 담고자 애쓰게 된다. 되도록이면 좋은 문장을 빚어내고자 하고, 날것 그대로를 노출하며 받아들이기를 종용하는 폭력도 피하고자 한다. 할 수 있는 예의를 갖추어 나의 이야기를, 내가 생각하는 진실을, 내가 어루만지고자 하는 어떤 마음을 표현하고자 한다. 인연과 우연을 소중히 여기며 그 앞에서 예의를 갖추는 일은 아마 자기 자신에게 가장 이로울 것이다.

어떤 글은 많은 이에게 읽히고 호응을 얻는다. 반면 어떤 글은 소수의 사람에게만 가닿을 뿐이다. 그러나 어느 쪽의 글을 쓰든, 글쓰기를 대하는 나의 태도에는 크게 변화가 없다. 수많은 사람에게 가닿은 글이든 그렇지 않은 글이든, 글들은 모두 일정한 내면의 흐름에서 나온 것이어서, 언제 어떤 글이 나와서 얼마나 많은 사람에게 어느 정도의 울림을 줄지는 예측되는 바가 없다. 그저 내 안의 다채로운 흐름들을 따라나서다보면, 그 양적인 결과는 그때마다 다르게 나타날 뿐이다. 그것이 단순히 공감 수든 댓글 수든, 판매 부수든 인세 금액이든, 서평 수나 언론보도 수든, 무엇이 되었든 그런 것들이 내가 충실하고자 하는

147

어떤 태도와 지평에 영향을 주지 않도록 늘 단단히 마음먹는다.

나의 진실에 충실하며 나의 리듬에 발맞추고 나의 흐름을 따라 글을 쓰고 살아가면서도, 나의 글을 읽을 누군가를 생각하고 그와의 인연을 기억하며 그 앞에서 예의를 갖추고, 가능하면 의미 있는 울림을 주고자 마음가짐을 바르게 하는 것, 나에게 글쓰기란 그런 것이다. 완전히 내 안에 갇힌 자폐적인 일은 아니면서도, 또한 전적으로 타인의 반응이나 인정을 기대하며 행하는 일도 아니다. 오히려 그것은 나를 둘러싼 삶 전체, 세상 전체, 자아 전체에 예의를 갖추는 일이자, 성의를 표하는 일이며, 어떤 관계성과 내부성에 동시에 충실하는 일이다. 나 자신과 삶과 타자에 대한 어떤 태도를 이어가는 것, 그것이 곧 글쓰기라고 생각한다.

책을 출간하고 나면

책을 출간하고 나면, 묘하게 쓸쓸한 기분이 들 때가 있다. 첫 에세이집을 출간하고는 더욱 그랬는데, 내가 쓴 글들을 잃는 듯한 묘한 기분을 느꼈다. 이제 그 글들은 더 이상 나만의 것이 아니고, 출간됨으로써 그 쓰임을 다하게 되었고, 더 이상 내가 간직하며 어떤 가능성을 품을 수 있는 존재로서의 가치는 잃어버린 듯한 느낌이었다. 잘 보살피고 키운 다음 집에서 떠나보낸 자식에 대한 기분이 그와 조금은 비슷할지도 모르겠다.

나에게도 늘 한계는 있는지라 항상 좋은 글을 쓸 수는 없다. 아마 내가 삶에서 쓸 수 있는 가장 좋은 글이 100편 정도 있다면, 그중 절반쯤은 이미 써버렸을지도 모른다. 그런 글은 일주일이나 한 달에 한 편이 나올 수도 있고, 1년이나 10년에 한 편이 나올 수도 있다. 그런데 종종 이번에 출간한 책을 생각하면, 거기에는 내 인생에서 다시 쓸 수 없을 것만 같은 글들이 담겨 있고, 그렇게 떠나보내버렸고, 다시 회수하거나 더 어찌할 방법이 없다는 데 대한 묘한 아쉬움이 들기도 한다.

　이런 마음은 확실히 글쓰기 그 자체와는 다른 마음이리라 생각된다. 글 쓰는 일에는 글쓰기 자체가 주는 것이 분명히 있고, 글 쓰는 과정 자체로 자족적인 면이 있다. 그런데 글쓰기가 끝나고 한 편의 작품이 되면서, 그 작품과 관계 맺는 측면 또한 어느 정도 있다고 생각된다. 나의 글쓰기에서 그런 '작품과 관계 맺는' 측면은 크지 않아서, 그런 식의 허탈감을 크게 느끼는 편은 아니지만, 다른 유의 보다 예술가다운 글쟁이한테는 그런 측면도 무척 크게 느껴질지도 모르겠다.

　한 시절을 온통 다 바쳐서 만들어낸 소설이 있다고 했을 때, 그렇게 그 소설을 출간해버리고 나서 그가 느낄 우울함이나 공허감이 분명히 있을 것이다. 독자들의 반응을 위해 쓴 글은 아닐지라도, 그가 겪게 될 경험은 분명 글 쓰던 순간의 기대에 미치지 못할 것이다. 작품에 대해서 좋다거나 감동적이었다고 말해주고 잘 읽었다고 해줄 사람들이 있을 테지만, 아마 그뿐일 것이다. 그 이상의 대단한 무언가는 없는 것이다. 그러니 글 쓰는 사람은 사실 글 쓰는 일 자체를 사랑하고, 그 사랑으로 끝을 맺고, 그 과정 속에 머무르는 법을 배워야 하지 않나 싶다.

단 한 명의 누군가를 생각하며

　오랜 세월이 흘러 백발의 노인이 되었을 때, 그래서 더 이상 사회적인 입지랄 것도 없고, 누구도 그리 관심 갖지 않는 존재가 되었을 때를 생각한다. 아마 나는 그제야 마음 놓고 질리지도 않을 만큼 오랫동안 글을 쓰고 있을 텐데, 언론도, 지식인도, 대중도 그다지 관심을 가지지 않고, 나에겐 주목할 만한 영향력이나 인기도 없을 것이다.

　그럼에도 나는 한 글자 한 글자 자아내며 그 글을 읽을 단한 명의 누군가를 생각하며 글을 쓰고 있을 것이다. 오래된 도서관에서든 헌책방에서든, 우연히 내가 쓴 책을 집어 들 누군가를 상상하며, 처음부터 끝까지 그 책을 읽어낼 단 한 사람을 생각하며, 그와 상상 속에서 대화를 나누고 있을 것이다. 그는 내가 쓴 단어들의 맥락을 온전히 이해하고, 그 단어들은 그의 삶에 진실한 울림을 주고, 그에게 나쁘지 않은 순간을 선물할 것이다.

누군가에게는 닿는다.
내가 가장 밀도 있는 순간들로 써 내려간,
나의 모든 것을 담았다고 믿었던 그 시간을,
그와 같은 밀도로 받아들이고 있는;
고요한 밤에 읽어내려가고 있는,
내가 있던 그 쓰기의 시공간에
함께 속하게 되는 한 사람이 있다.

세상에 내어놓는 글들을 허투루 쓴 적은 없다. 책이 적게 팔리든, 칼럼이 거의 읽히지 않든, 그 글을 처음부터 끝까지 읽어내는 한 사람은 반드시 있다. 그게 수십만 수백만 명이 되면 더 의미 있을지도 모른다. 하지만 그게 몇백 명이나 몇천 명에 불과할지라도, 결코 의미가 없는 게 아니다. 오히려 그렇게 하나둘 찾아가는 인연들이 더 신비롭다. 누군가에게는 닿는다. 내가 가장 밀도 있는 순간들로 써 내려간, 나의 모든 것을 담았다고 믿었던 그 시간을, 그와 같은 밀도로 받아들이고 있는, 고요한 밤에 읽어내려가고 있는, 내가 있던 그 쓰기의 시공간에 함께 속하게 되는 한 사람이 있다.

내가 믿는 것은 그런 것이다. 언젠가 반드시 누군가에 닿는 유리병 속의 편지를 언제까지고 써나갈 것이라는 믿음. 진실. 그 확신과 진실 속에서라면 외롭지 않으리라는 생각이 든다. 바다로 유리병을 떠내려 보내는 그 마음이 직접 누군가를 만나 칭찬 따위를 듣는 것보다 훨씬 낫다고 느낄 때가 있다. 그런 마음으로, 고요 속으로 젖어들 어떤 나날들을 기다린다. 좋을 날들. 고요할 날들.

3장 § 쓰는 생활

――― 그것을 믿는 사람은 이미 작가다

왜지 기분 좋은 글

여러모로 기분이 좋은 날이 있다. 그럴 땐 왠지 기분 좋은 글을 쓰고 싶다. 쓰면서 행복을 느낄 수 있는 그런 글. 그런 글이란 어떤 것일까? 먼저, 잔잔한 풍경을 상상하고 싶다. 하늘이 있고, 들판이 있고, 고요하게 부는 바람이 있고, 멀리 수평선이 보이는 그런 언덕에 관해 쓰고 싶다. 초록의 풀 위에 그저 할 일 없이 누워 오후를 보내는 순간을 상상해보자. 가만히 떠올려보니, 역시 기분이 좋다.

그다음에는 사랑에 관해 이야기하자. 그런 언덕을 함께 누리는 일에 관하여 상상하자. 홀로 그런 시간을 누리는 것도 좋겠지만, 머지않아 자유롭고 여유로운 느낌은 쓸쓸함과 외로움, 심심함으로 바뀌어갈 것이다. 그렇다면 이제 사랑하는 사람을 불러보자. 사랑하는 이가 곁에 함께 있다. 함께 바다를 바라보고, 노을을 맞이하고, 근처에서 사 온 것들로 군것질을 하고, 작게 깔깔대고, 한참을 말없이 있다가 또 한참을 재잘대고, 좋아하는 음악을 들으면서, 사랑과 여유, 함께 있음, 자유로움을 만 끽한다. 역시 기분이 좋다.

이제 집으로 돌아가자. 날이 쌀쌀해지므로 손을 잡고 돌아가는 길에 편의점에 들러 맥주 한 캔을 사고, 무슨 영화를 볼지 고민하자. 예전에 봤던 그 영화를 다시 보는 것도 나쁘지 않겠다. 창밖에는 야경이 흐르고, 차들이 오가고, 누군가의 술 취한 웃음소리가 들려오고, 우리는 가벼이 창문을 열어두고 시원한 공기를 맞으며 맥주를 한 캔 딴다. 하나를 나눠 마시며 좋아하는 영화를 본다. 〈레이버 데이〉(2013)라든지, 〈패터슨〉(2016)이라든지, 〈내 사랑〉(2016)이라든지.

열려 있는 듯한 밤을 바라본다. 참 좋네. 둘 중 한 사람이 생각만 하던 걸 자기도 모르게 입 밖으로 내뱉는다. 다른 한 명이 말한다. 그러게, 좋네. 그런 날들을 상상한다. 기분 좋은 날, 그런 상상을 하며 이런 글을 쓰니, 기분이 좋다. 그렇게 기분 좋은 글을 한 편 썼다.

학창 시절에는

나는 글쓰기에 재능이라곤 별로 없는 학생이었고, 청년이었다. 학창 시절에는 그 흔한 글짓기 대회에서 작은 상 하나 받아본 적이 거의 없었고, 글을 잘 쓴다는 칭찬을 들어본 적도 별로 없었다. 오히려 글짓기란 게임이나 축구에 비해서는 재미없는 것으로만 느껴졌고, 실제로 그림은 잘 그렸을지언정 글쓰기를 잘하진 않았다. '과학의 날' 같은 때도 친구들 대부분은 글짓기에 도전하거나 독서 감상문이나 쓰려고 할 때, 꼬박꼬박 그림을 그리는 게 나의 분야이기도 했고 말이다.

그런데 십 대 중반 어느 날, 처음 소설을 쓰고 싶다고 마음먹은 뒤로 작가가 꿈인 친구를 만나면서, 가장 예민한 청소년기 즈음에 꿈이 '작가'로 정해져버렸다. 그 시절에는 별 대단한 이유도 없이 '꿈'이 정해지는 일이 왕왕 있었다. 청소년기에 정해진 꿈의 효력은 10년 정도 가는 것인지, 이십 대가 되어서는 나도 모르게 그야말로 대단한 작가가 되어야만 한다고 느꼈다. 그래서 전혀 글을 잘 쓰는 사람이 아니었음에도, 그 어느 시절부터 글쓰기에 그토록 매달렸다.

이십 대 초중반, 나는 온통 글을 잘 쓰고 싶다는 열망에 사로잡혀 있었다. 그 열망은 꽤 끈질기고 거대한 것이어서, 아마 서울대에 입학하고 싶은 고3이나 공무원이 되고 싶은 수험생의 열망에 뒤지지 않았을 것이다. 거의 하루도 빠짐없이 밤낮으로 글을 썼고, 글을 잘 쓰게 하리라 믿어지는 모든 일을 했다. 달리 말하면, 내가 하는 모든 일이 나의 글쓰기에 도움이 되어야 한다고 믿었다.

그렇게 책을 찾아 읽고, 미학 공부에 심취하고, 매일 글을 썼다. 때론 영화를 보거나 만화를 보는 일도 글쓰기에 도움이 된다고 믿었고, 학교 강의도 글쓰기에 도움이 되리라 믿는 것들을 무의식적으로 찾아다녔다. 그런데 나의 스무 살이나 스물한 살쯤을 생각해보면, 정말 글을 못 쓰는 사람이었던 것이, 내 마음이나 나의 하루에 대해 고작 한 문단 쓰는 걸 어려워했다. 그저 싸이월드에 남길 수 있을 문장 몇 줄을 쓰고 나면 무슨 말을 써야 할지 모를 정도였다. 그랬던 것이, 1년이 지나고 2년이 지나면서 문단을 쓸 줄 알고, 한 편의 글을 쓸 줄 알고, 한 편의 소설이나 한 권의 책을 쓸 줄 아는 사람으로 조금씩 나아갔다.

첫 책을 내고 나서 좋다는 사람들도 있었지만, 문체가 너무 딱딱하고 논문 같다면서 읽기 버겁다는 반응들도 찾아볼 수 있었다. 사실 읽은 책들이 대부분 해외의 인문학책들이었으니 그런 반응은 당연했다. 내가 아무리 글을 많이 써서 어느 정도 논리적인 글쓰기를 할 줄 알게 되었다 하더라도, 사람들에게 널리 읽힐 수 있는 글을 쓴다는 건 다른 문제임을 알게 되었다. 내가 청년 시절 했던 일들은 그렇게 매일 더 나은 글을 쓰기 위한 마음들로 점철되었는데, 그렇게 쓴 글이 못해도 지금까지 A4 1만 장은 될 것이다. 하루 두세 장만 썼다고 해도 그 정도인데, 매일 그보다 더 많이 썼으니 말이다.

청소년기란 얼마나 무서운 것인가. 어느 날 그냥 소설을 쓰고 싶어서 조금 써보았을 뿐이고, 너무 당연한 약간의 응원을 들었을 뿐이고, 마침 그때 가장 친했던 친구가 작가 지망생이었을 뿐이다. 그런 것들이 인생의 말뚝처럼 박혀서 그 이후 인생을 거의 결정해버렸던 셈이다. 실제로 수많은 스포츠 선수나 예술가들도 자신의 진정한 취향을 알기 전부터 지옥 같은 훈련이나 연습에 내던져진다. 학생들은 자기가 어떤 인생을 살고 싶은지 알기 전부터 꿈이 결정되고, 그렇게 공부해서 진학한 학과에 따라 인생을 살게 된다. 청소년기란 그저 옛 어린 시절 같지만, 인생의 절반 이상이 결정되는 시기가 아닌가 싶다.

한편으로는, 인생이라는 게 꼭 재능보다는 그런 어느 시절에 정해진 마음에 의해 결정된다는 생각도 든다. 나는 확실히 언어보다는 미술에 재능 있는 아이였지만, 이제는 더 이상 어떠한 그림도 그리지 않는다. 그러나 초등학생 때 그림대회에서 항상 나한테 져서 분해하던 한 여자아이는 미대를 졸업하고 디자이너로 활동하고 있다. 당연히 그녀는 내가 따라갈 수도 없을 만큼 뛰어난 미적 감각을 지닌 사람이 되었을 것이다. 마찬가지로, 글짓기 대회에서 상을 쓸어 담던 친구들 중에서 몇이나 여전히 글을 쓰고 있는지 모르겠다.

한 분야의 일등이 되는 일에는 재능도 중요하겠으나, 각자의 인생이라는 것에는 역시 재능보다는 마음이 중요한 게 아닐까 싶다. 결국에는 어느 시절 얻어맞듯이 깨달았던 자기 삶의 방향이라는 것에 못 박힌 뒤로는, 그 마음을 따라 인생길도 걸어가게 된다.

쓰는 사람은 좋은 것을 얻게 된다

작가가 된다는 것은 여러모로 좋은 일이다. 20여 년 전 작가가 되겠다고 마음먹었고, 어느 시점 이후부터는 내 정체성의 일부로 작가라 부를 만한 측면을 얻게 되었는데, 그 결정을 한 번도 후회한 적은 없다. 작가로 사는 것에 대한 어려움이 여러모로 알려져 있고, 나 또한 그러한 어려움을 적지 않게 겪었지만, 여전히 작가로 산다는 건 무척 매력적이고, 살면서 한번 해볼 만한 일이라고 생각한다. 나는 많은 사람들이 작가가 되었으면 좋겠다.

물론, 이때 '작가가 된다'는 것은 꼭 글 쓰는 일로 평생 먹고사는 것을 말하는 건 아니다. 오직 글만 써서, 작가라는 단일 정체성으로만 살아가길 꿈꾸는 사람이 있다면, 오히려 다시 생각해보길 권하고 싶은 마음도 있다. 그보다는 삶의 한 부분에서, 존재의 한 측면으로 '작가'를 지니길 권유하고 싶다. 작가가 된다는 건 좋은 일이다. 여러 면에서, 작가가 되는 일은 우리 삶

차마 인정할 수 없었던 상처가
사실은 인정해도 되는 것이었음을
검은 잉크로 새기며 알게 된다.

말해서는 안 된다고 믿었던 진실이
사실은 말해져야만 했던 것이었음을
깨닫게 된다.

에 필요할 수 있는 부분들을 채워준다.

아마 거의 모든 사람은 자기 이야기를 들어줄 누군가를 필요로 할 것이다. 가까운 가족이든, 친구든, 연인이든 우리는 내 이야기를 들어줄 사람을 찾기 위해 평생을 떠돌아다닌다고 해도 과장이 아니다. 그리고 비로소 내 안의 가장 깊은 이야기들, 나의 상처, 슬픔, 우울, 내 생의 성취, 기쁨, 부끄러움이나 만족스러움을 터놓을 수 있는 사람이 결국 우리의 삶이 된다. 삶이란 그들과 어우러진 기억이다. 우리는 어쩌면 이야기를 나누고, 공감하고, 들어주며, 그로 인해 함께 삶을 이룰 사람을 찾기 위해 그토록 많은 곳을 헤매는 것일지도 모른다.

그런데 작가야말로 세상의 수많은 사람과 대화를 나누는 사람이다. 백지와 가장 진솔한 대화를 나누는 일은 때로 가장 가까운 사람과 대화를 나누는 깊이를 넘어선다. 사랑하는 사람에게도 털어놓지 못했던 내면의 진실들이 홀로 있는 밤, 키보드 앞에서 터져 나오는 눈물이나 웃음으로 쏟아진다. 차마 인정할 수 없었던 상처가 사실은 인정해도 되는 것이었음을 검은 잉크로 새기며 알게 된다. 말해서는 안 된다고 믿었던 진실이 사실은 말해져야만 했던 것이었음을 깨닫게 된다. 그렇게 글을 쓰는 사람은 자신과 화해한다.

글 쓰는 일이 때로는 벽을 보고, 혹은 먹먹한 백지 앞에서 하는 고독하고도 공허한 일처럼 느껴지지만, 계속 글을 쓰다보면 머지않아 결코 홀로 하는 일이 아님을 알게 되는 때가 온다. 마음은 쓰이기 위해 뭉쳐 있는 것이고, 글은 읽히기 위해 쓰이는 것이다. 홀로 하던 글쓰기는 어느 시점부터는 대화가 되고, 마음의 교류가 되며, 구체적으로 변화하는 활동이 된다. 글은 일기장 속에 꽁꽁 숨어 있다가, 내어놓아지는 순간 변화하기 시작한다. 마치 산소에 노출되어 산화되어가는 음식물처럼, 글이 누군가에게 닿는 순간부터 글도, 글 쓰는 사람도, 글쓰기도 다른 것이 되어간다.

좋은 삶을 사는 방법은 다양할 것이다. 나는 그 방법 중 극히 일부밖에 알지 못한다. 그런데 내가 가장 확실하게 알고 있는 한 가지 방법은 바로 글을 쓰고, 작가가 되는 것이다. 물론 작가가 되는 일에 너무 많은 걸 기대하면 아마 꽤 곤란한 현실을 맞이할지도 모른다. 가능하면 꾸준한 수입원이라든지 안정적인 벌이에 대해서는 다른 플랜도 지니는 것이 좋다. 그러나 그런 측면 때문에 작가가 되는 것이 나쁜 일이냐고 한다면, 결코 그렇다고 생각하지는 않는다.

글을 쓰고, 책을 내고, 가족과 주변의 친구들에게 선물하고, 축하를 받고, 소소한 자리를 열어 내 이야기에 귀 기울여주는 사람들을 만나고, 또 그들의 이야기를 듣고, 그들에게 이야기를 전하는 일은 즐겁다. 세상에 나의 이야기를 내어놓는 순간 열리는 드넓은 세계를 많은 사람이 알았으면 좋겠다. 그 세계로

통하는 문이 저기 놓여 있다. 누구나 그 문을 열 수 있고, 그러면 다른 세계를 만나게 된다.

나는 모든 사람의 이야기가 귀 기울일 만한 가치가 있다고 믿는다. 다만 필요한 것은 모두가 가진 각자의 이야기를 누군가에게 전달할 간단하고도 매력적인 한 가지 방법뿐이다. 나는 그것이 글쓰기라고 믿어 의심치 않는다. 글을 쓰는 사람은 좋은 것을 얻게 된다. 그것을 믿는 사람은 모두 이미 작가다.

지극히 사적이면서도 공적인

습작 시절, 문우 한 명이 내가 쓰는 글을 보면 '좋은 사람'으로 느껴진다고 말한 적이 있다. 아니, 내 기억이 맞는다면 그는 당신은 "좋은 사람이 분명해" 하고 말했다. 그 말이 의아해서 이유를 물어보니, 나는 계속 글을 읽는 사람에게 무엇을 주고자 한다는 것이었다. 그 말은 한참이나 내 안을 맴돌면서, 내가 정말로 좋은 사람인가를 생각하게 했다. 그런 생각은 내 마음을 꽤 좋게 물들여주었다.

당시만 하더라도, 쓰는 글이라고는 습작하던 단편소설과 블로그의 포스팅 정도밖에 없었다. 소설을 쓰는 사람들 사이에서는 일종의 '좋은 글의 기준'이 있었는데, 그중 하나가 독자에게 무언가를 억지로 '주려고' 해서는 안 된다는 것이었다. 특히 현대소설의 결말에서 독자에게 억지로 의미를 전달하려 한다든지 교훈을 주려 한다든지 하면, 그 소설은 '나쁜 소설'의 전범처럼 여겨졌다.

그러니 그 문우의 말은 내가 '나쁜 소설'을 쓴다는 걸 돌려 말한 것에 가까웠다. 나는 그 사실을 알고 있었지만, 이상하게 기분이 나쁘지는 않았다. 내가 '좋은 사람'으로서 글을 쓴다는 것에 더 초점을 맞추어 생각했다. 그러면서 깨달은 것은 내가 정말로 독자에게 무언가를 '주는' 글을 쓰고 싶어 했다는 것이다. 나의 이야기만 늘어놓는 일은 읽는 이에게 미안하거나 창피한 느낌이 들었다. 왜 자신의 소중한 시간을 써서 남의 이야기나 실컷 들어야 한단 말인가? 사람을 불러놓고 자기 이야기만 늘어놓는 친구는 모두에게 기피 대상이 아닌가.

그럼에도 글쓰기가 나를 표현하는 일이고, 어떤 의미에서는 나를 받아들여달라는 요구를 백지 너머에 있는 누군가에게 건네는 일인 건 사실이었다. 그래서 나는 글을 쓸 때면, 나의 이야기를 하긴 하되 그 이야기로부터 느끼고 이해할 만한 것을 늘 같이 전달하면서, 적어도 읽는 이에게 의미 있는 무언가를 하나쯤은 건네길 바랐던 것 같다. 그런 습관은 내 글쓰기 역사 전체를 지배하고 있어서, 이제 그로부터 벗어나기는 거의 불가능하다.

얼마 전 한 작가가 내 글은 지극히 사적이면서도 '공공의 것'으로 편입되는 순간이 있고, 그것이 특별한 점이라고 했는데, 그때 저 '좋은 사람' 이야기가 떠올랐다. 그 뒤로 계속 생각해보았는데, 예전과는 달리 내가 어떤 글을 쓰건 스스로 그렇게 좋은 사람이라고 생각하지는 않고 있음을 알게 되었다. 나는 어느 시점부터 좋은 사람이길 포기하고 살았다.

일상생활에서 나는 지극히 개인주의적인 사람이고, 타인을 적극적으로 챙긴다든지, 배려심이 충만하여 타인의 섬세한 감정을 어루만져준다든지 하는 사람이 아니다. 그보다는 늘 타인과 적절한 거리를 유지하면서 내 인생 살기 바쁜 사람이고, 따뜻하게 누군가의 마음을 들여다봐주는 그런 사람은 못 된다. 사근사근하게 윗사람을 잘 챙기는 스타일도 아니고, 동생들을 불러 술 한잔씩 사주며 인생의 고충을 들어주는 일도 잘 없다.

그렇다고 사람을 싫어하느냐 하면 그런 건 아니다. 단지 늘 서로에 대한 요구가 다르고 입장이나 상황도 다른 타인들끼리 서로 시간이든 관심이든 하는 것을 맞추어가는 일이 힘들다고 느낄 뿐이다. 내 안에서 피어오르는 요구들에만 응답하기에도 삶이 부족한데, 사랑하는 사람, 이를테면 가족들의 요구들만 겹쳐도 정말이지 삶에서 틈새가 남아나지 않는다. 그래서 무엇을 포기해야 하나 매번 고민하다가, 대외적으로 좋은 사람이 되는 걸 꽤 깔끔하게 포기한 게 아닌가 싶다.

나에게 여전히 좋은 사람일 수 있는 가능성이 있다면, 역시 글쓰기를 통해서가 아닐까 싶다. 글 안에서만큼은, 나 자신으로부터 오는 요구와 타인들로부터 오는 요구가 어느 정도 조화를 이루는 일이 가능하다. 나 자신에게 가장 필요한 일이면서 나를 위한 일이고, 동시에 누군가에게도 무언가를 줄 수 있는 일. 이것이 아무래도 내가 할 수 있는 가장 좋은 일이 아닐까 싶다. 적어도 글쓰기만큼은 그런 '좋은 일'의 지평에 줄곧 두고 싶다는 마음이 있다. 아니, 그런 방향을 지향할 것도 없이 이미 그러고 있는 셈이니, 적어도 그런 방향은 지켜내고 싶은 마음이 있다고 해야겠다. 그것이 누군가가 이야기하는 '좋은 글의 기준' 같은 것보다 내게 훨씬 중요하다.

글쓰기의 '가성비'

글을 쓰며 사는 일은 그다지 가성비가 좋지 않다. 어느 정도 글을 다듬고 완성할 수 있게 되고 책을 몇 권쯤 쓰게 되기까지 걸리는 시간을 다른 데 투자한다면, 확실히 더 효율적인 결과를 얻을 수 있을 것이다. 내가 막연히 작가가 되고 싶다고 생각하며 읽었던 책 수천 권, 매일 글을 쓰며 보냈던 시간, 그렇게 쌓인 노트와 원고들이 내게 현실적으로 준 것들은 그다지 많지 않았다. 그만큼의 노력과 시간을 들여 다른 공부를 하거나 일을 했다면, 통장에 쌓인 잔고 숫자나 갖고 있는 자동차가 달라졌을 것이다.

그런데 참으로 이상하게도 그렇게 보낸 시간을 한 번도 후회한 적이 없다. 어떤 책은 정말이지 내게 수입이랄 것을 거의 주지 않아서, 한편에서 보자면 허송세월했다고 할 법한데도, 쓰고 후회한 책은 단 한 권도 없다. 많이 팔렸건 적게 팔렸건, 내게 부가적인 수입을 더 주었건 주지 못했건, 나는 내가 쓴 모든 책이 참 좋고, 쓰길 잘했다고 늘 생각한다. 어쩌면 단순한 감정이지만, 이런 감정을 느낄 수 있다는 것 자체가 꽤 신기하다.

글을 쓰거나 책을 쓰는 일 외에 다른 것에 관해서는, 나 또한 가성비나 효율성 등을 자주 생각한다. 그 시간에 그걸 할 바에야 다른 걸 하는 게 훨씬 효율적이지, 거기에 들일 에너지를 다른 일에 들인다면 더 이득이 되겠지, 하는 식의 계산적 사고는 나도 습관처럼 가지고 있다. 그러나 책을 써서 낸 일에 관해서는 도무지 그런 생각을 해본 적이 없다. 이는 마치 아이를 목욕시키거나 아내와 산책하는 일과 비슷하다. 아무리 생활이 바쁘고 촉박한 상황에서도, 아이 목욕을 시킨 걸 후회한 적은 없다. 아내와의 산책은 항상 소중했다. 글쓰기도 그랬다.

현대사회에서 살아가는 일이란, 아무래도 끊임없이 시간을 자본의 측면에서 계산하고 따지는 일일 수밖에 없을 텐데도, 어떤 시간은 내가 '완전히' 그런 일만 생각하는 존재가 아님을 알려준다. 때로는 영화나 드라마를 보며 시간을 낭비해놓고 스스로를 자책하거나, 별로 돈이 되지 않는 일에 너무 시간을 써서 후회할 때도 있다. 그러나 글쓰기는 삶에 대한 조금 더 근본적인 감각과 연결되어 있고, 그래서 도리어 삶에 충실했다는 느낌을 되돌려준다. 글을 써낸 만큼, 나는 삶에 최선을 다했고, 삶을 사랑했고, 삶다운 삶 속에 있었다는 느낌을 받는다.

아마도 살아가는 일이란, 부단히 어떤 것을 쌓아가고, 이루어나가고, 얻어야만 하는 일일 것이다. 그런 일은 아마 끝이 없을 것이다. 그런데 삶에 오직 그런 쫓아감, 그런 흐름, 그런 진행만이 존재한다면, 그 삶은 어딘지 부족하고 잘못되었거나 다소 메마르고 왜소하게 느껴진다. 아마도 삶을 잘 살아내는 일은, 때로는 그와 다른 영역에 마음을 둘 줄 아는 일과 관계되어 있는 게 아닐까 싶다. 나를 그런 삶의 흐름에서 끄집어내어, 삶의 다른 측면에 놓아두게 해주는 일들이 내게는 삶의 지표나 나침반처럼 느껴진다. 아마도 글 쓰는 일을 손에서 놓을 수 없는 가장 근본적인 이유가 있다면 그런 이유일 것이다. 나는 지나온 내 삶의 어떤 시간들을 온전히 그 시간 자체로 긍정하여 박제하고 큐브로 만들어놓을 수 있는 마음을 지니고 싶다. 글쓰기는 그런 마음을 지닐 수 있게 해준다.

매일 쓰면 일어나는 일

　매일 글쓰기를 하면 어떤 일이 일어날까? 이는 내가 지난 15년간 해온 실험이라고도 할 법하다. 15년 중에서 글을 전혀 쓰지 않은 날도 있을지 모르나, 내 기억으로는 단 몇 줄의 일기라도 쓰지 않은 날은 없다. 어느 날은 몇십 장씩 쓰기도 하고 어느 날은 겨우 몇 줄을 쓰기도 했지만, 대략 한 편의 글을 매일같이 썼다.

　매일 글을 쓴 삶이 그렇지 않은 삶과 무엇이 다른지 알기는 아마 불가능할 것이다. 밀란 쿤데라의 말마따나 우리는 단 하나의 인생을 살 수밖에 없고, 그것이 삶의 참을 수 없는 무거움을 만들어낸다. 평행우주가 있어서, 15년 동안 '매일 글 쓰지 않은 나'와 지금의 나를 비교해볼 수 있다면 그건 꽤 흥미로운 일일 것이다. 그러나 실제로 그런 비교는 불가능하고, 단지 나는 내 삶이 만들어져온 과정만을 예민하게 들여다볼 수밖에 없다.

　하나 확실한 것은 매일 글을 쓰다보면, 매일 글을 써야 한

나는 많은 사람들이 ──

글쓰기를 통해 위안받기를,

그의 삶이 ──

보다 나은 쪽으로 인도되기를 바란다.

내가 그랬으므로.

다는 요구를 느끼게 된다는 점이다. 지난 15년간 커피를 마시지 않은 날이 거의 없는데, 커피에 길들듯이 글쓰기에도 길들게 된다. 글을 쓰지 않으면 이 하루에 무언가 마음에 걸리는 게 있어서, 그 마음을 해소하기 위해 글을 써야 한다. 글을 쓰다보면 그것이 명확해진다. 역시 오늘도 글을 쓰는 게 맞았다고 생각하게 된다. 에스프레소 기계로 커피를 추출하듯, 마음에 쌓인 어떤 부분을 걸러내고, 드러내게 해주는 것이다.

그렇게 늘 마음을 걸러내다보면 하루 동안 내 마음에 무엇이 들어오는지를 비교적 명확하게 알 수 있다. 매일을 순백의 백지로 시작할 수야 없겠지만, 엉망진창으로 낙서가 된 종이 위에 또 새로운 낙서를 덧입히는 것보다는, 어느 정도 지우개로 지워서 그 위에 하루를 덧입히는 게 마음을 들여다보는 데 보다 유용할 것이다. 그러면 나의 불안이나 걱정, 누군가를 미워하거나 사랑하는 마음, 감격하거나 실망한 것들에 관해 더 선명하고 섬세하게 인식할 수 있을 거라는 생각이 든다.

그런 종류의 '지우는' 작업은 어쩌면 내가 원하는 것, 내가 마음을 두어야 하는 것, 내 마음이 흘러가는 것을 보다 잘 알게 해줄지도 모르겠다. 그래서 스스로의 마음에 역행하는 욕망을 비교적 분명하게 제거할 수 있고, 관계에서 생긴 문제를 너무 늦지 않게 시정할 수 있으며, 그로써 보다 나은 하루를 살 수 있게 된다. 마음이란 내버려두면 언제까지나 그리 단단하거나 깨끗하지만은 않은 것 같으므로, 이런 작업을 성실하게 해나가는 일은 삶에서 필요한 일인 셈이다.

물론 어느 때는 글쓰기 그 자체가 삶의 유일한 위안처럼 남아 있을 때가 있다. 누구 하나 내 마음을 들어주는 이가 없는 것 같고, 세상에 홀로 남겨진 것 같고, 모든 이가 나를 미워하거나 배제한다고 생각될 때도, 글쓰기만큼은 끝까지 내 편으로 존재한다는 위안 같은 것이 있다. 그것은 마치 인생 최후의 위안 같은 것이어서, 내가 결국 세상의 모든 것을 잃더라도, 글쓰기만큼은 내게 남아 글을 쓸 수 있을 거라는 절대적 믿음이 바탕에 깔려 있는 것이다.

그렇게 글쓰기는 내가 홀로 처절할 때 나의 유일한 우군이었고, 반대로 내가 삶 속에서 많은 것을 책임지고 고려하며 매만져야 할 때는 내 마음을 보다 올바로 쓸 수 있게 해주는 수선공이 되어주었다. 그러니 아무래도 매일 쓰기를 잘했다고, 또 앞으로도 글을 쓰지 않는 날이란 그다지 많지 않을 거라고 믿게 된다. 그러므로 글쓰기란 결코 어떤 유명 작가들이나 권력에 의해 독점될 수 없는 것이라고, 글쓰기는 모든 삶을 위한 것이라고 생각한다. 나는 많은 사람들이 글쓰기를 통해 위안받기를, 그의 삶이 보다 나은 쪽으로 인도되기를 바란다. 내가 그랬으므로. 그래서, 마치 신을 향해 기도하는 자가 다른 이들이 신을 알기를 바라듯이, 나는 사람들이 글쓰기에 대해 알게 되기를 바란다.

세상을 걸어 다니며 쓰기

예전에는 작가들이 몇 년간 절이나 섬에 들어가서 세상과 단절한 채 글만 쓰는 경우가 많았다고 한다. 적지 않은 저명한 작가들이 그런 식으로 당대 널리 읽히는 작품들을 써내곤 했던 모양이다. 그런데 요즘에는 그런 식으로 작품 활동을 하는 작가들은 드문 것 같다. 오히려 요즘에는 유튜브도 하고, 팟캐스트도 하고, TV에도 자주 나가고, SNS도 부지런히 하고, 북토크나 모임도 열심히 일구어나가는 작가들이 눈에 많이 띈다.

과거에 작가들이 그런 식으로 창작 활동을 할 수 있었던 것은 그런 작가를 기다려주는 독자, 문단, 언론 등이 있었기 때문일 것이다. 작가는 스스로 자신을 고립시킨다고 믿으며 깊은 산골로 들어갔겠지만, 사실 그에게는 자신을 '믿고 기다려줄' 존재의 든든함 또한 중요했을 것이다. 어쨌든 어떤 작가들에게는 그렇게 고립된 채로 자기 작품을 써내고 나면, 기다렸다는 듯이 호응해줄 평단과 언론과 독자들이 있었다. 그는 그 해방의 나날들이 예정되어 있다는 믿음 속에서, 잠시 겨울을 보내듯 어느 외진 곳에 들어갈 수 있었던 게 아닐까 싶다.

요즘에는 그렇게 누군가를 기다려주는 확고한 집단이 점점 약해지고 있다. 몇 년 정도 잊힌 작가는 재기가 불가능한 경우도 많다. 그사이 수많은 콘텐츠, 새로운 작가들, 신선하고 세련되며 핫한 스타일의 그 무엇 혹은 그 누군가가 부지런히 등장하고, 나름의 팬덤을 만들어내고, 새로운 흐름을 금방금방 이끌어내기 때문에, 몇 년간 아무것도 하지 않던 작가가 '짠! 나 새 작품 썼어' 하고 나타나더라도 반응은 시큰둥한 경우가 적지 않다. 물론 그런 시대적인 흐름을 이겨낼 만큼 매력적인 작가들도 여전히 있긴 하지만 말이다.

이런 경향은 요즘 유행하는 스타일의 글들 혹은 책들과도 무관하지 않아 보인다. 더 이상 대하소설이나 두꺼운 장편소설들은 찾아보기 힘들어졌고, 경장편이나 단편소설집 혹은 에세이집 같은 것이 이미 출판시장의 대세가 되었다. 그중에는 SNS에 쓴 글들을 정돈한 것들이나 출간 전부터 연재한 것들이 많다. 전반적으로 시대의 어떤 흐름이 글쓰기 스타일도, 작가의 생활양식도, 문화가 소비되거나 생산되는 방식도 촘촘하게 바꾸어내고 있다.

한때는 나도 제주도의 어느 산골이나 조용한 섬에 들어가 몇 년에 한 번씩 작품을 써내면서 사회 바깥에서 자유롭게 살아가는 그런 신선 같은 삶을 동경했다. 그러나 시대에 적응했기 때문인지 다른 이유 때문인지는 몰라도, 요즘에는 그렇게만 사는 건 아무래도 조금 심심하지 않을까 싶다. 그보다는 팟캐스트나 유튜브도 좋고, 오프라인 모임도 좋고, 사람들과 모여 책과 글에 대한 이야기를 많이 나누면서, 어쨌든 세상 속을 걸어 다니면서, 그렇게 조금은 북적이듯 살아가는 것도 나쁘지 않으리라는 생각이 든다. 절이나 섬에서 키보드를 두드리는 것도 좋지만, 정신없이 살아가는 와중에 잠시 카페에 앉아 테이크아웃 커피 한 잔을 마시면서 삼십 분간 글을 뚝딱 써내고, 또다시 부지런히 삶으로 걸어 들어가는 그런 삶의 모습도 썩 괜찮게 느껴진다.

한 줄 평 시대

영화 〈기생충〉(2019)에 대한 어느 영화평론가의 한 줄 평에 등장한 '직조'와 '명징'이라는 단어가 논란이 된 적이 있다. 다른 것보다 이런 논란이 일어난 배경 자체가 꽤 흥미롭다. 하나는 이것이 '한 줄 평'에 들어간 단어라는 점이다. 만약 이 단어가 몇 장쯤 되는 평론이나 칼럼에 들어갔다면 그만큼 논란이 되지는 않았을 것이다. 일단, 그렇게 긴 글을 읽는 사람이 별로 없기 때문이다.

이 시대는 이제 '세 줄 요약'을 넘어, '짤방' 시대를 넘어, '한 줄 평 시대'가 되어버린 것일지도 모른다. 영화 감상에 대한 평론가들의 가장 큰 역할은 별을 몇 개 주고, 한 줄에 무엇을 남기느냐가 되었다. 사람들의 관심이 평론가가 영화에 대해 얼마나 심도 있는 분석을 하고, 나름의 관점을 통해 그 영화를 재창조하고, 어떻게 다시 느끼게 해주느냐에 있지 않은 것이다. 평소 평점을 짜게 주기로 유명한 평론가가 이번에는 별 몇 개를 주었을까? 그 유명한 평론가는 한 줄로 뭐라고 썼을까? 딱 그 정도까지만 관심을 가진다.

이 현상은 평론조차 일종의 광고 카피가 된 듯한 느낌을 준다. 읽을 수 있는 것, 들을 수 있는 말은 딱 한 줄까지다. 그리고 그 한 줄은 카피처럼 쉽고 대중적이며 모두에게 쾌적한 울림을 줄 수 있어야 한다. 거기에 한 번 생각해야 하는 단어나 어려운 한자어가 쓰이는 순간, 그런 한 줄 평을 쓴 평론가는 구시대의 유물, 젠체하는 엘리트, 구태의연한 한자어에 속박된, 상아탑 속의 관념적이며 형이상학적인 몹쓸 인간이 되는 것이다.

바야흐로 작가이건 평론가이건 지식인이건 카피라이터가 되어야만 하는 시대다. 실제로도 유명한 작가라는 사람들이 해서 화제가 된 말들을 보면 단 몇 줄을 넘지 않는다. 그것도 아주 쉽게 쓰인, 약간의 반전과 약간의 신선함이 있는 딱 광고 카피 수준의 몇 줄이 '어록'이 되어 인터넷을 떠돈다. 이는 지식인이나 이른바 '뇌섹남'이 소비되는 방식이기도 하다. 그들은 책을 냈거나, 칼럼이나 평론을 썼을 것이다. 그러나 중요한 건 그가 한 섹시한 말 한마디일 뿐이다.

다른 흥미로운 지점은 글쓰기 자체에 대한 사람들의 관심이다. 이 시대는 아마 세상에 매일같이 쏟아지는 수많은 칼럼, 평론, 소설, 시, 논문, 에세이, 단행본에 들어간 온갖 단어들에 관해 그다지 미학적인 관심이 많지 않은 시대일 것이다. 그럼에도 무슨 일인지 많은 사람이 단어에 대한 굉장한 미의식을 드러내며, 그러한 '고지식한 한자어'가 지금 시대의 글쓰기에 적합한지 아닌지를 이야기하는 것이다.

이는 진짜 글쓰기 자체나 시대에 적합한 단어 선택에 대한 문제는 아닐 것이다. 그보다는 감상에 대한 태도와 관련된 문제라는 생각이 든다. 영화는 모든 사람이 즐길 수 있는 대중적인 매체이고, 더군다나 장안의 화제가 되었던 〈기생충〉은 영화를 본 거의 모든 사람이 나름의 방식으로 굉장한 감동을 느낀 영화다. 그런 영화에 대해 내가 아닌 다른 누구의 평가라는 건 그 자체로 나의 느낌, 감상, 경험을 훼손하는 데가 있다. 내가 느낀 게 있고, 그것이 옳고 정확한데, 거기에 대고 알 수 없는 이야기를 하는 '전문가'가 따로 있다는 데 불편함을 느끼는 것이다.

사실, 나는 글쓰기 수업을 할 때 어려운 한자어라든지 관념적인 언어는 가급적 피하거나 순화해서 쓰는 게 좋다고 말하는 편이다. 그러나 다른 한편으로 글쓰기에는 무수히 다양한 스타일이 있고 저마다 매력이 있기 마련이다. 그렇기에 꼭 어떤 단어가 퇴출되어야 한다든지, 구태의연하여 조롱받아야 한다든지 하는 건 아니라고 생각한다. 그런 점에서, '명징'이니 '직조'니 하는 표현보다 이런 논란이 일어나는 맥락 자체가 보다 주목할 만한 것이다. 글쓰기를 둘러싼 풍경도 놀라울 정도로 빠르게 달라지고 있다.

백지와의 관계

꾸준히 책을 쓰고 실제로도 좋은 반응을 얻는 성실한 작가 중에는 SNS를 거의 하지 않는 경우가 많다(물론 그 반대의 경우도 적지 않다). 그러한 작가들의 경우, 그들이 실제로 '어디에서 살고 있는가' 하는 현실감 같은 것을 중요하게 생각해볼 만하다. 나 또한 몇 년 전만 해도 SNS를 거의 하지 않았는데, 문득 그 시절이 생각나면서 내가 '어디에서 살고 있었는지'에 대한 실감이 들었다. 지금도 여전히 '어디에서 살고 있는지'에 대한 의문 같은 것이 있다.

직장인 대부분은 확고한 소속이 있지만 프리랜서 작가는 그러한 것이 없기 때문에, 자기 자신을 어디에 놓아둘지가 중요해진다. SNS를 하지 않고 오로지 책을 통해서 독자와 만나는 작가들은 출판시장이라는 거대한 바다를 마주하며 살아간다. 그들은 끊임없이 자신이 '써야 할' 어떠한 책을 생각하면서, 동시에 지금 '하고 있는' 글쓰기 속에서 살아간다.

SNS를 하지 않고 몇 년간 책만 쓰던 내가 그러했는데, 그 때의 나를 떠올리면 꽤 고독했던 기분이 기억난다. 요즘에는 그러한 마주함, 그러니까 아주 드넓은 세계, 또 계속 이어지는 기나긴 시간, 그 속에서 단지 내가 써야 할 것만을 홀로 생각하던 나날들, 상호 소통하는 세상보다는 나의 글쓰기와 나의 내면에 몰두하던 그 생활을 유지하는 일이 물리적으로 불가능하다. 개인적인 현실이 너무 복잡해지고 바빠졌기 때문이다. 그래서 일종의 대체제로 SNS에서 글쓰기를 하고 있는 셈인데, 어떻게 보면 다소 다른 직업인 혹은 다른 정체성의 글쟁이로 옮겨온 듯한 묘한 차이를 느끼기도 한다.

글쓰기는 근본적으로 타자와 관계 맺기이면서, 동시에 간접적인 관계 맺기에서 빠져나오지 않는 일이다. 릴케가 그의 서한집에도 썼지만, 글 쓰는 사람이란 사실 주위에 단 한 명의 가까운 사람이 없다 하더라도, 오히려 그로 인해 주위의 세계가 우주만큼 드넓어졌음을 느끼고, 그러한 '관계성' 혹은 '세계'에서 빠져나오지 않는 성향을 지닌다. 그래서 그는 복잡다단한 현실의 직접적인 관계에 뒤엉켜 살아가기보다는, 저 무한한 백지와의 관계만을 계속 이어나가고, 끊임없이 그 위에 검은 잉크로 쓰일 어떠한 것들을 퍼 올리는 것이다. 그에게는 무한히 나아가야 할 백지, 그 위를 걸어갈 미래만이 가장 절실하게 놓여 있는 것이다.

여전히 많은 작가가 그러한 백지와의 고독한 관계성을 놓지 않고 계속하여 글을 쓰는 자로 남아 있다. 다른 한편으로는, 인터넷이나 매체의 발달로 끊임없이 직간접적으로 상호 소통하는 작가의 모델이 생겨나고 있는 듯하다. 지금 쓰는 글들, 앞으로 책으로 묶일 칼럼, 에세이, 평론을 시시때때로 공유하면서 사람들과 직접적인 대화에 가까운 소통을 하며, 직간접적 관계를 맺어나가는 것이다. 확실히 이는 기존 글쓰기의 '비관계성' 혹은 '간접적 관계성'보다는 더 노출되어 세상과 맞부딪치는 형태의 소통이다. 이것이 글쓴이가 세상이나 삶, 생활, 타인, 자신의 정체성, 자신이 놓여 있는 위치, 또 글쓰기 자체에 대해 느끼는 감각을 많이 바꾸고 있다는 생각이 든다.

그럼에도 한 가지 달라지지 않은 사실이 있다면, 예나 지금이나 계속 글을 쓰고 있다는 점이다. 계속 사랑을 하다보면 사랑의 형태가 변하고, 계속 살아가다보면 라이프스타일이 변하듯, 글쓰기도 여러 변화를 거쳐가는 게 자연스러운 일일 것이다. 어찌 보면 사는 곳을 바꾸듯이, 그렇게 글쓰기의 장소라는 것도 계속 달라지며 인생과 함께 변모해가는 것이다.

글 쓰는 직업의 두 경향

사람들이 크게 돈 이야기를 좋아하는 사람과 그 밖의 이야기를 좋아하는 사람으로 나뉘는 것 같다고 느낄 때가 있다. 이는 글 쓰는 직업인들도 다르지 않아서, 결국 어떻게 돈 되는 글을 쓸 것인가로 이야기가 수렴되는 사람이 있다. 반대로 자신이 쓰고 싶은 것이 무엇인지, 글쓰기와 함께 어떤 식으로 살고 싶은지에 관해 이야기하는 사람이 있다. 작가로 살아가다보면 그 양자를 제법 골고루 만나보게 된다.

개인적으로 나는 두 타입 중에서 어느 한쪽을 더 특별히 좋아하지도 않고 싫어하지도 않는다. 어느 때는 어떻게 하면 '돈 되는 글'을 쓸 것인가 이야기하는 사람들과의 대화가 재밌다. 요즘 대중은 어떤 걸 좋아하고, 어떤 것들이 잘 팔리고, 어떻게 돈을 벌 수 있는지 이야기하는 게 흥미롭다. 다른 때는 자기 삶에서 글쓰기 자체에 보다 큰 의미를 부여하는 사람들의 이야기가 흥미롭다. 글쓰기를 통해 자아정체성도, 삶의 의미도,

나아가 존재의 본질 같은 것도 얻고자 하는 작가들과도 오랫동안 재미있게 이야기를 나눌 수 있다.

작품으로 얻는 부와 인기에 관심이 많은 작가들은 보통 삶의 중심을 다른 데 둔다. 여행이든 사랑이든 삶을 윤택하게 즐기는 일에 더 큰 무게를 두고, 작품은 그러한 삶을 얻을 수 있게 하는 수단의 일종으로 생각한다. 그런 태도가 나쁜 것은 아니다. 독자를 기만하는 일도 아니고, 책을 나쁘게 이용하는 행위도 아니다. 그저 글쓰기에 그리 심오하고 대단한 의미를 부여하지 않는 것뿐이다.

반면 글쓰기 그 자체에 아주 큰 의미를 부여하는 작가들도 있다. 그들 중에는 글쓰기나 집필과 관련된 대화에서 '돈 이야기'를 꺼내는 것 자체에 어떤 죄의식을 느끼는 듯 보이는 경우도 있다. 글쓰기란 부수적으로 돈을 벌어줄 수는 있지만, 본질적으로 돈과 관련된 관념이 개입해서는 안 되고, 오로지 글쓰기 그 자체에 관해 따로 생각해야 한다고 믿는 것이다. 그래서 무엇을 어떻게 쓸 것인지는 그것이 누군가에게 얼마나 많이 호응을 얻으며 읽힐 것인가와는 무관해야 한다고 생각한다.

아무래도 전자는 자기계발서, 대중 교양서, 기사, 소설을 쓰는 사람들인 경우가 많고, 후자는 시, 평론, 논문, 인문·사회과학서를 쓰는 사람들인 경우가 많다. 전자의 사람들과 이야기를 나눌 때는 묘하게 흥분되거나 신날 때가 있는데, 그것은 아무래

나를 평가할 수 있는 건
나와 사랑을 나누는 사람들뿐이다.

그 밖의 사람들은
나에게 호불호를 가질 수는 있어도
내게 깊은 영향을 주는 평가를 할 수는 없다.

도 현실과의 어떤 접점에서 오는 감각, 일종의 현실감각이 아닌가 한다. 반대로 후자의 사람들과 이야기를 나눌 때는 스스로가 삶의 보다 진지한 차원으로 가라앉는 느낌이 들고, 나 역시 그러한 층위 안에서 내 안의 중요한 이야기를 할 수 있게 된다.

그런데 전자의 이야기만 계속하다보면, 내가 뿌리를 내리고 있어야 할 삶의 층위 혹은 글쓰기의 층위, 내 삶과 자아의 핵심이라고 할 영역으로부터 점점 벗어나 피상적인 이야기만 하는 느낌이 든다. 반면 후자의 이야기에만 빠져들다보면, 모종의 갑갑함이 들기 시작하고 세상으로부터 괴리되어가는 듯한 불안함마저 느끼곤 한다. 결국에는 저 바깥 영역 혹은 현실 영역이라고 부를 만한 측면과, 자아의 내면 그리고 삶의 보다 깊은 층위에 대한 감각은 항상 같이 가야만 하는 게 아닌가 싶다.

나 같은 경우는, 굳이 따지자면 전자보다는 후자에 가까웠다. 책을 쓰면서 돈 되는 책을 일부러 기획하여 만들어낸 적은 없었다. 그런 일에 죄의식을 느낀다든지 진정한 글쓰기가 아니라고 생각해서라기보다는, 항상 그저 '쓰고 싶은 글'만 쓰려고 했기 때문이다. 정말이지 철저히 내가 쓰고 싶은 글만 쓴 탓에, 내가 쓴 책들은 베스트셀러나 인기 있는 책의 문법에서 대부분 벗어나 있다. 모든 책이 나의 주관대로 쓰였고, 또한 그것이 10여 권에 이르는 책을 쓰게 한 추동력이기도 했다.

하지만 글을 쓸수록 보다 넓은 대중 독자를 염두에 두게 된다. 적어도 첫 책을 쓸 때, 나는 그 책을 내 여동생과 사촌 동생이 잘 읽었으면 좋겠다는 마음으로 썼다. 내가 사랑하는 사람이 즐겨 읽지 못할 글은 쓰고 싶지 않았다. 그런 욕망은 책을 쓸수록 더 커졌다. 돈을 많이 벌기 위해서라기보다는, 나와 가까워진 사람들, 호감을 나누는 사람들, 사랑하는 사람들에게 좋은 글을 읽히고 싶은 마음, 특정 영역에 갇혀서 특정 부류의 사람들만 좋아하는(그들만이 감격하고 인정하는) 글을 쓰기보다는 더 많은 사람과 이야기를 나누며 살아가고 싶다는 마음이 커진 것이다.

그렇게 흘러 흘러, 나는 결국 전자도 후자도, 이도 저도 아닌 어디쯤에서 글을 쓰고 있다. 그 덕분에 내 주위에는 서로를 아주 조롱하거나 경멸하는 사람들이 양쪽에 나란히 배치되기도 하고, 종종 나를 자기편인지 상대편인지 의심의 눈초리로 보는 사람도 있는 것 같지만, 무슨 상관이 있을까 싶다. 나를 평가할 수 있는 건 나와 사랑을 나누는 사람들뿐이다. 그 밖의 사람들은 나에게 호불호를 가질 수는 있어도 내게 깊은 영향을 주는 평가를 할 수는 없다. 나는 그저 나로 살아가며 내가 하고 싶은 글쓰기를 할 뿐이니까 말이다.

내일이 없는 사람처럼 쓴다

언젠가 내가 쓴 글을 보고 누군가가 "내일이 없는 사람처럼 글을 쓴다"라고 말했다. 그 정확한 맥락을 물어보지는 않았지만, 아마도 눈치 보는 것 없이, 비판할 건 꽤나 가감 없이 비판한다는 의미인 것 같았다. 사실 나에게도 나름의 기준이랄 것은 있어서, 특정인을 지목하여 비난하거나 비판하는 글은 가능하면 쓰지 않으려 한다. 하지만 개인적으로 문제가 있다고 느끼는 현상에 대해서는 솔직하게 말하려 하고, 자연스럽게 그런 글쓰기를 하게 된다.

내가 그런 글쓰기를 해올 수 있었던 이유, 혹은 그렇게 될 수밖에 없었던 이유를 짐작하고는 있다. 그것은 나에게는 권력이랄 것, 혹은 권력관계랄 게 전무하다시피 했기 때문이다. 나는 소속된 정당도 없고, 사상 집단이나 이념 집단도 없었다. 나를 밀어주는 언론사나 문예지라든지, 문단 권력이나 출판계 원로 그룹, 혹은 그 밖의 학계나 문화 권력도 없었다. 솔직히 말하면, 나한테는 매일 쓰는 글밖에는 없었고, 당장 몇 달이라도 글을 전혀 쓰지 않는다면 나라는 존재한테는 그저 텅 빈 공간밖에 없다고 할 만큼 나와 얽힌 세력이 없었다. 그러다보니 그저 나의 진심을 이야기하면 될 뿐, 그것이 미칠 파장에 대해서는 관련된 사람들이 그다지 떠오르지도 않았던 것이다.

그렇다고 해서 내가 세상 모든 일에 아주 관심이 많아서, 모든 것을 비판해야겠다고 단단히 마음먹은 것은 아니다. 대개 사회현상이라든지 세상의 일들에 대해 어떤 글을 쓸 때는, 그 일 자체를 어떻게 해보겠다는 것보다도, 그런 일들과 관련된 나 자신의 중심을 잃지 않기 위해 글을 쓰는 경우가 많다. 동시대의 어떤 사회현상에 전염되고 있는 스스로를 발견하고, 그로부터 나 자신을 방어하기 위해서, 나와 나의 사람들 그리고 나의 삶을 지키고 싶어서 자연스레 나를 둘러싼 그 현상도 비판할 뿐이다. 알고 보면 그저 작은 나의 삶 하나 온전하고 정당하게, 조금 더 정직하고 의미 있는 것으로 이어가고 싶은 마음에서 그 모든 일이 일어나는 것에 가깝다.

개인적으로는 "내일이 없는 사람처럼 글을 쓴다"라는 말이 좋았다. 단순히 무언가를 가감 없이 비판하는 투사 같은 느낌 때문이 아니라, 그저 내가 그런 마음으로 키보드 앞에 앉곤 하기 때문이다. 그렇게 정말이지 '내일 쓸 것'은 하나도 남지 않을 만큼 오늘 써내고 나면, 오늘이 된 내일에는 항상 그날 쓸 것이 마치 샘물처럼 차오른다. 그런 무한한 순환의 법칙 같은 것을 알게 된 뒤로는, 정말이지 내일이 없는 사람처럼, 지금 내 안에 있는 모든 것을 써내는 일에 익숙해졌다. 그러고 나서 내일이 되면, 또 내일 쓸 것이 차올라 있다.

남다른 고집을 부려보는 삶

내 주위에는 자기 분야에서 꽤 성취를 거두어 명망이나 인기를 얻은 사람들이 제법 있다. 그중 상당수는 그렇지 않았던 시절부터 봐온 사람들이다. 대개 그들이 나름대로 성취를 거둔 과정을 보면 대단한 재능을 타고난 사람들이라기보다는, 남들이 하지 않는 모험을 하고, 자신이 동경하는 것에 충실하며, 무엇보다 깊은 열망으로 꾸준히 시간을 투여한 사람들이 아니었나 싶다.

특히 이 세 가지, 모험, 동경, 꾸준함은 그들 모두의 공통점이다. 그들은 뒤가 없다는 듯이 자기 삶을 자기가 동경하는 것을 향해 내던질 용기 혹은 결단력을 갖고 있었다. 그리고 그것을 향해 끊임없이 무언가를 했고, 계속하여 세상에 자기의 존재를 알리고자 했으며, 또 어디로든 다니며 배우고 흡입하려 했다. 모험, 동경, 꾸준함 중 하나라도 없었던 사람은 자기가 꿈꾸던 분야에서 이렇다 할 성취를 얻지 못한 채 사라졌다. 아마 그

196

들 나름대로 자기에게 어울리는 삶을 찾아갔겠지만, 애초의 꿈과는 멀어진 곳에서 자기의 자리를 얻는 듯 보였다.

나만 하더라도 모험, 동경, 꾸준함 중에서 모험심이랄 게 다소 부족했다. 나는 스스로 모험할 만한 인간이 못 된다는 걸 오래전부터 알고 있었는데, 아마도 그 부족한 모험심이 여러모로 내 발목을 잡곤 했을 것이다. 아마도 내가 거둔 약간의 성취는 딱 내가 했던 모험만큼의 보상이 아니었나 싶다. 어쨌든 나 또한 삶의 적지 않은 시간을 유예해가면서 동경하는 것에 꾸준히 다가서려 했고, 그렇게 누적된 시간이 내 삶의 미약한 기반이나마 되어주었다고 믿고 있다.

사실, 아직 무언가를 성취하기가 어려운 이십 대 시절에는 주위 사람들이 애써 하는 일들이 어딘지 우스워 보이기도 하고 비웃고 싶기도 하다. 나 자신이 애쓰는 것도 초라하게 느껴지고, 과연 의미가 있을지 불안하다. 이를테면 보는 사람도 얼마 없는데 열심히 자기가 노래하는 모습을 찍어서 유튜브에 올리는 사람이라든지, 읽는 사람도 없는데 열심히 글을 써서 블로그에 연재하는 사람이라든지, 투자도 잘 받지 못하면서 스타트업을 하겠다고 끙끙대는 사람들이 왠지 허황된 꿈을 꾸는 것 같고, 가망 없이 먼 길을 가는 것처럼도 보인다. 그런데 스스로의 초라함을 이겨내며 그 의미 없어 보이는 일을 5년, 10년, 15년씩 하는 사람들만이 결국에는 자기 분야에서 자기만의 무언가를 가지게 된다.

학창 시절 교실에서 공책에 만화를 끼적거리던 친구가 10년쯤 뒤에 유명한 만화가가 되어 있거나, 아무도 들어주지 않아도 기타 연주를 하던 친구가 어느 날 앨범을 냈거나, 혼자 블로그에 매일 이상한 글이나 올리던 친구가 등단을 하고 책을 냈다는 걸 알게 되면, 기분이 이상해질 때가 있다. 그때만 하더라도 그저 초심자라 여겼던 연습생들이 어느덧 프로가 되어 있는데, 그 세월의 격차라는 게 어딘지 낯설기만 한 것이다. 그런데 삶이란 원래 그렇게 어설픈 나날들, 우습고 비웃어주고 싶은 시간, 스스로도 확신 없는 불안으로 쌓아간 순간들이 만들어내는 무엇이 맞을 것이다.

꼭 삶을 걸고 모험을 하고, 그리하여 동경하던 것에 다가서고, 최초의 꿈을 이루었다고 할 법한 삶만이 좋은 삶이라 볼 수는 없다. 오히려 그 과정에서 잃는 것이 더 많은 듯한 삶도 더러 보았다. 그럼에도 자기가 꿈꾸던 것을 따라 남들이 하지 않는 모험을 하면서 착실히 다가간 사람들을 볼 때면, 그 용기와 힘이 멋지고 아름다워 보이는 것도 사실이다. 만약 정말이지 간절하게 동경하는 어떤 삶이 있다면, 그것을 향한 남다른 고집을 부려보는 삶도 나쁘지 않으리라는 생각이 든다. 내가 아는 한, 그렇게 꿈에 다가간 모든 사람은 확실히 남들과 다르게 살았고, 보다 모험을 했으며, 자기 꿈에 대한 집착을 잃지 않았다. 세상에는 그런 삶의 방식이 분명히 존재한다.

자아를 옮겨 탈 수 있는 능력

자아에는 항상 피로감이 누적된다. 내가 감당하고 있는 하나의 자아가 있다면, 그 자아는 늘 무거워지기 마련이다. 가령 남편으로서의, 아빠로서의, 상사로서의, 제자로서의, 작가로서의 자아는 저마다의 무게를 지니고, 관계 속에서 의무가 더해지면서, 감당해야 할 무엇이 된다. 특정 관계 안에서 나에게는 역할이 부여되고, 책임이 주어지며, 성격의 일관성을 유지해야 한다. 세월이 흐를수록 그런 무게감은 습관처럼 당연해지기도 하지만, 무게에 둔감해지는 것일 뿐 무게가 사라지는 것은 아니다.

그렇기에 사람에게는 거의 필연적으로 여러 개의 자아가 필요하다. 인생에서 몇 개의 자아를 적절하게 돌려가며 바꿔 쓸 수 있다면, 그것은 상당히 유의미한 삶의 기술을 이룬다. 가족 내에서의 관계와 자아가 무겁게 느껴질 때, 오랜만에 만난 친구는 자유의 느낌을 준다. 사회생활에서 무겁게 부여되는 책임을 없은 자아는, 돌아온 가정과 집에서 부드럽게 풀려 잠시나마 사라진다. 친구들 사이에서 다소 거칠고 쿨하게, 패기 있는 모습을 연기해야 했던 나는 팟캐스트를 녹음하는 마이크 앞에서 보다 잔잔하고 고요한 사람으로 돌아올 수 있다. 작가로서 근엄함과 차분함을 유지해야 한다는 압박감은 강아지와 아이 앞에서 천진난만한 자아로 갈아타면서 벗어던질 수 있다.

그래서 사실 '어느 한 자아'에 온전히 고정된 삶에 행복이 있는 건 아닌 듯하다. 어느 자아에든 그 하나에 너무 오래 몰입하고 빠져 있다보면, 거기에서 참을 수 없는 무게를 느끼게 된다. 아무리 가족을 사랑해도 1년 내내 가족 속에서의 자아에만 몰입해 있다보면, 삶 자체가 습기를 잔뜩 머금은 열대우림처럼 무거워져버린다. 마찬가지로, 아무리 사회생활 속에서의 내 자아와 직업을 좋아하더라도 그 속에만 항상 속해 있다보면, 거기에서 오는 피로감과 그 역할 속 자아를 견뎌내기가 점점 힘들어진다. 결국 삶에서 중요한 것은 여러 자아를 적절하게 가지고서 늘 갈아탈 수 있는 상태, 즉 늘 유동적으로 몇 개의 가면을 바꿔쓸 수 있는 상태가 아닐까 싶다.

대개 나이가 들면서 이런 '여러 개의 자아 갖기'는 점점 더 어려워진다. 삶은 유동적으로 흘러 다니며 자유롭게 갈아탈 수 있는 무엇이기보다는 점점 어느 하나로 고착되기 시작한다. 바깥과 안의 경계가 희미해지고, 여기서나 저기서나 그저 딱딱한 하나의 존재로 수렴되어간다. 그래서 나이가 들어도 삶의 생기를 유지하는 사람들은 대개 여러 곳에서 다양한 '자기'를 지닐 수 있는 사람들이다. 종교 공동체나 동호회, 사회생활에서라든지, 집 안에서 또는 친구들 사이에서, 천진난만하게 웃을 때는 웃고, 근엄한 권위를 자랑할 때는 자랑하고, 다정한 우정을 나눌 때는 친근하고, 고요한 순간을 사랑할 때는 한없이 고독해질 수 있고, 때로는 활기차게 세상을 누빌 수도 있는, 삶의 여러 범주를 골고루 지닐 수 있는 사람들이 계속 건강한 행복을 영위해가는 듯하다.

살아가면서 어느 한 영역에서만큼은 전문가나 권위자가 되고, 어느 한 영역에서는 끊임없이 새로 배우는 초심자가 되고, 어느 한 영역에서는 그저 웃고 즐기는 해맑은 아이가 되고 싶다. 인간에게 자유가 있다면, 바로 그런 데 있을 것이다. 사람은 누구나 자유롭길 원한다. 그런데 자유는 여기를 벗어난 다른 곳에 있는 게 아닐 것이다. 자유는 여기와 저기를 자유롭게 오갈 수 있는 마음의 힘에 있다. 자유란 벗어남이나 무조건적인 해방이라기보다는, 이동할 수 있는 능력, 오갈 수 있는 힘인 것이다. 그러니 내가 삶에서 부지런히 오갈 수 있는 장소들, 옮겨 탈 수 있는 자아들을 적절히 만들어두는 것이야말로 참으로 중요한 일일 것이다.

진실의 조각을 주워 담는다

글쓰기를 할 때면 진실의 조각들을 하나씩 주워 담는다는 느낌이 든다. 내 삶의 진실을 통째로 주워 담을 방법은 없다. 단지 강에서 사금을 캐듯이, 조각들을 주워 모을 수밖에 없다. 과거의 기억 한 줌, 그러나 그 기억은 여러 번 거듭되며 각기 다른 측면에서 주워 담아진다. 또 오늘의 감각이나 미래의 예감 한 줌, 그런 것들이 진실을 담는 상자에 조금씩 모인다.

이처럼 가능한 한 진실을 이야기하고자 스스로 애쓰는 일은 과거에 내가 하던 글쓰기와는 다소 다른 측면이 있다. 이를 테면, 소설 쓰기는 어찌 보면 가능한 한 진실을 왜곡하는 일이 었다. 여기에서 말하는 진실이란 어디까지나 '나에 관한 진실'이다. 일상에서 느끼거나 경험한 어떤 감각 한 줌을 지니고서, 그것을 확대하거나 과장하고, 진실과는 다른 방향으로 상상력을 전개하고, 특정한 측면들에 진실 이상으로 집중해보는 게 소설 쓰는 일이었다. 하지만 자기의 진실을 쓰는 일은 그와 다르다.

자기 진실을 쓴다고 믿을 때는 오히려 너무 한쪽 측면에 과몰입하지 않으려 애쓰게 된다. 그 시절, 그때의 순간을 휘감고 있던 다양한 감각을 보듬으려 노력한다. 하나의 글로 그런 감각들을 다 담아낼 수 없으면, 글을 두 개로 나눠 쓴다. 그런 식으로 진실의 조각들을 만들어나간다. '해리 포터' 시리즈에 나오는, 머리카락처럼 기억을 뽑아내어 담는 펜시브도 생각나고, 흩뿌려진 흙에서 질감이 같은 것들을 골라 점토 인형을 만드는 느낌도 든다.

필립 로스는 자서전 《사실들》의 서문에서, 소설이 아닌 자기의 진실을 써야만 한다는 요구를 느꼈다고 이야기한다. 묘하게 진실을 왜곡하고 상상력을 더하여 이야기를 만드는 작업이 아닌, 정말로 진실을 있는 그대로 남기는 작업을 해야겠다고 말한다. 그러면서 소설을 더 이상 쓸 수가 없다고, 소설 쓰는 일이 일종의 함정 같다고 말한다.

요즘 나는 투명한 진실에 관심이 있다. 굳이 따지자면,《고전에 기대는 시간》을 쓸 즈음, 대략 서른 내외의 시점부터 그랬던 것 같다. 그 책을 쓰는 과정 자체가 나에게 가장 많은 영향을 주었다. 그럴 수밖에 없던 것이, 그 책을 쓰기 위해 고전 열두 편을 깊이 고민하며 반복해 읽었기 때문이다. 그러한 읽기와 쓰기 자체가 나에게 심대한 영향을 줬고, 그 책과 이후의 글쓰기에 줄곧 영향을 미치고 있다.

내가 그러한 진실성을 믿는
몇몇 글 쓰는 사람이 있다.

가식, 자신에 대한 도취, 나르시시즘, 전략,
글을 통해 얻고자 하는 이익 같은 가장 본능적이고
무의식적인 계산조차 들어 있지 않을 것만 같은,
오로지 진실을 향해서만 파 내려가는
광부와 같은 글쟁이.

책에서 나는 "진실을 향해 파 내려가는 광부"가 되고 싶다고 썼다. 소로, 카뮈, 릴케, 루소, 도스토옙스키, 그르니에 등의 작가들에게서 본 것은 진실을 향한 집념 그 자체였고, 어느덧 나 역시 그러한 집념 속으로 걸어 들어왔음을 느끼곤 한다. 확실히 나의 글쓰기는 많이 달라졌다. 그리고 이제야 제대로 쓴다는 확신이 든다.

나아가 어떤 사람의 글을 진심으로 좋아하게 되는 것도, 그 사람의 글에서 도저히 의심할 수 없는 진실이, 솔직함이, 진심이 엿보일 때다. 생각해보면 우리의 삶, 우리의 관계란 대부분 반 정도의 거짓을 껴안고 있어서, 그 거짓을 우리의 관계로부터 분리해내기란 사실상 불가능하다. 마치 이미 물에 타버린 믹스 커피처럼 말이다.

그럼에도 사람은 아마도 어떤 온전한 진심에, 순수한 믿음에, 거짓 없는 마음에 자신을 내맡기고 싶은 그 최후의 욕망을 떨쳐내지 못하는 것 같다. 누군가는 그 마음을 어떤 정치인에게 내어주고, 누군가는 자신이 믿는 신을 향해, 또 누군가는 순수하리라 믿어지는 연예인 같은 존재를 향해 투사한다. 또 다른 누군가는 자신이 읽고 있는 텍스트 앞에 있었을 글쓴이에게 바로 그러한 마음을 내맡긴다. 어떠한 거짓도 없이, 가장 순결하고도 진실한 마음으로 백지 앞에 앉아, 그 하얀 지면을 마주하고 있었을 어느 글 쓰는 사람을 진심으로 믿고 싶은 것이다.

내가 그러한 진실성을 믿는 몇몇 글 쓰는 사람이 있다. 이상하게도 마음이 이끌려 벗어날 수 없는, 어떤 글 쓰는 사람들. 가식, 자신에 대한 도취, 나르시시즘, 전략, 글을 통해 얻고자 하는 이익 같은 가장 본능적이고 무의식적인 계산조차 들어 있지 않을 것만 같은, 오로지 진실을 향해서만 파 내려가는 광부와 같은 글쟁이. 진실을 향해 투신하고, 자기 자신마저도 잊어버릴 만큼 진실을 사랑하는 어떤 글 쓰는 사람. 이를테면 마지막 글에서의 루소나, 일기 속 바르트나, 에세이 속 베냐민, 소설 속 프루스트, 편지 속 릴케와 같은 어떤 사람.

나의 글 또한 내가 믿는 그런 사람의 글쓰기처럼 되기를 바란다. 나의 모든 글이 그럴 수는 없을지라도, 어떤 글만큼은 그 누군가가 믿을 수 있는 최후의 보루 같은 것이 되어줄 수 있다면, 어쩐지 더 가치 있는 일을 해나가는 느낌이 들 것만 같다.

몽상의 매혹을 아는 사람

소설을 썼던 건 아마도 더 많은 삶을 살고 싶은 욕심이었던 것 같다. 삶을 향한 욕심이라는 것은 결국 저 드넓은 세상의 무수히 다양한 이미지를 누리고 싶다는 욕망과 다르지 않다. 처음에 나는 현실적으로는 도달할 가능성이 없는 어느 먼 땅에 대한 몽상으로 소설을 쓰기 시작했다. 이 현실이 아닌 다른 몽상의 세상, 마녀가 있고 하늘에는 고래가 나는 세상, 어느 언덕에 사는 소녀가 초대하는 환상의 세계, 밤마다 골목골목을 누비는 그림자들의 삶을 꿈꾸었다. 그들의 삶을 살고자 한다면, 역시 내가 그러한 세계를 창조하여 사는 방법이 가장 좋았다.

소설을 써본 사람이라면 알겠지만, 소설을 창작하는 그 시간에는 그 어떠한 삶의 순간 못지않게 깊이 몰입하게 된다. 인물들과 같은 세계에서 같은 삶을 상상으로 누리게 된다. 그러한 몰입은 단지 소설을 읽는 것을 훨씬 넘어서, 거의 실제의 삶에 가까운 느낌을 줄 정도이다. 한번은 단편소설 한 편을 보름 정도 쓴 적이 있었는데, 그 시간이 지난 뒤까지도 온통 그 소설 속의 상황에 대한 몰입이 가시질 않아, 실제로 누군가와 이별한 느낌에 허탈함과 눈물이 날 정도였다.

우리의 삶이라는 것도 결국 이미지를 누리는 것이다. 지나 간 모든 기억과 추억은 오직 이미지로만 마음속에 남아 있을 뿐 이다. 소설을 쓰고 나서 돌이켜본 그 소설 속 세계 역시 이미지 로 떠오르는 것이라면, 소설을 통한 삶의 지위는 실제 누린 삶 과 별반 다르지 않을 법도 하다. 실제로 연애를 하는 대신 연애 소설을 쓰는 작가, 여행을 가는 대신 여행소설을 쓰는 작가들이 있다. 또한 창작의 시간과 삶의 시간을 구별하여, 한쪽에 너무 몰입하면 안 되겠다고 다짐하는 일이 창작가들에게는 생기곤 한다.

사실 소설가들은 행복하다. 아니, 어떤 종류의 소설가들 은 확실히 행복하다고 말할 법하다. 자신의 이야기를 언제나 기 다리는 독자들이 있고, 그러한 독자들의 존재에 힘입어 생계에 어려움 없이 일상 전반을 자기가 원하는 대로 조직하여 몰입과 이완을 반복할 수 있는 소설가는 분명 행복한 삶을 누린다. 그 는 자신의 상상력이 닿는 한 이 세상의 모든 곳을 여행할 수 있 고, 모든 사람과 다양한 관계를 맺어볼 수 있고, 자신이 가지 못 했던 길, 아쉬움이 남았던 순간, 어린 날 꿈꾸었던 시간들을 모 두 소환하여 몰입할 수 있다.

우리는 흔히 그 상상적 몰입, 상상적 결합이라는 것에 '물질성' 혹은 '육체성'이 없을 거라 생각한다. 그러나 그것은 아마 진실과는 다를 것이다. 우리가 믿는 육체적 실감이라는 것도 사실 뇌에서 일어나는 것(뇌를 통하는 것)이다. 조금만 경우를 바꾸어 마약을 흡입하는 경우만 생각해보더라도, 마약이 불러일으키는 엄청난 실제적 감각은 우리가 평소에 경험하는 여러 '시시한 육체성'을 뛰어넘기에 충분하다는 증언을 듣는다. 소설가가 경험하는 이미지적 육체성, 상상적 실체성 또한 때로는 현실을 넘어서는 어떤 감각으로 다가오곤 한다.

어쩌면 그것은 유달리 몽상적 기질이 강한 사람에게만 주어진 행운 같은 것일지도 모른다. 이를테면, 조현병 환자들은 자신에게 보이는 환시나 환청 등에 대하여 거의 완벽한 실체성 혹은 육체성을 경험한다. 그러한 정신질환적 차원으로 넘어가기 바로 직전에 멈추어 몽상할 수 있는 사람이 경험하는 '내적 세계'란 그에게는 다른 사람들이 알 수 없는 매혹으로 다가올지도 모를 일이다.

생각보다 많은 사람이 그러한 몽상적 체험에 접근할 수 있다. 그것은 현실로부터의 도피라기보다는, 철저한 자기만족, 스스로의 힘으로 온전할 수 있는 능력에 가까울 것이다. 인간은 생각보다 강한 내적인 힘을, 이를테면 상상력이나 공감 능력을 지니고 있어서, 우리에게 주어지는 저 많은 소비적이고 자극적인 대상들이 그렇게까지 필요하지 않을 수 있다. 상상하는 즐거움, 몽상의 매혹을 아는 사람은 더 많은 삶을 더 낫게 누릴지도 모른다.

사랑이 모호할 때, 로맨스 소설을 읽자

현대소설에는 늘 욕망하는 주체가 등장하고, 이 욕망은 언제나 세계와 불일치를 겪는다. 어찌 보면 너무나 당연한 일반론이지만, 또 가만히 생각해보면 정말로 그래서 놀라기도 한다. 소설 창작이란, 인물을 하나 잡아 그 인물이 무엇을 욕망하며 어떻게 좌절하고 실패하는지를 이야기하는 일이다. 물론 때로는 무엇도 욕망하지 않는 '심심한 인물'이 독창적으로 그려지기도 하고, 무엇이든 성공해버리는 캐릭터도 등장할 수 있다. 그러나 대개 소설은 욕망하는 자와 욕망의 필연적인 좌절에 관해 이야기한다.

세상의 모든 삶에는 욕망과 좌절이 포함되어 있다. 누구나 다양한 것을 욕망한다. 특히 어릴 때일수록 욕망은 다채롭고 무수한 가능성과 꿈이 꿈틀댄다. 그러나 살아가면서 그 무수한 욕망은 무수한 방식으로 좌절된다. 어디로 가고 싶다든지, 무엇을 먹고 싶다든지, 누구와 친구가 되고 싶다든지 하는 사소한 욕망에서부터, 어떤 사람과 사랑을 하고 싶다든지, 어떤 직업을 갖고 싶다든지, 어떤 라이프스타일을 얻고 싶다든지 하는 커다란 욕망까지. 우리 삶은 온통 욕망과 그 좌절, 그리고 소수의 성공으로 점철되어 있다.

소설이 삶의 정답을 내려주진 않는다. 그보다 소설은 무수한 욕망의 과정을 섬세하게 드러낸다. 아마도 소설의 성공이란, 얼마나 정확하게 우리의 욕망을 직시하게 하는가, 우리의 의식적인 욕망뿐만 아니라 무의식적인 온갖 욕망을 얼마나 날카롭게 벼려내는가에 달려 있을 것이다. 나아가 그 욕망이 어떤 식으로 우리 삶을, 우리의 관계를, 우리의 세계를 파괴하는지, 혹은 살려내는지까지 드러내는 데 달려 있을 것이다. 그렇게 훌륭한 소설 속에는 우리 삶보다 더 정확한 삶이 담겨 있다.

나는 여전히 좋은 소설에는 삶을 뒤흔드는 힘이 있다고 믿는다. 우리 삶은 어딘지 가상 같은 데가 있다. 우리 자신도 모르게 삶 속의 여러 욕망이 펼쳐지고 우리를 이끌어 간다고 느끼곤 한다. 살아온 삶을 돌아보자면, 무엇이 그 모든 걸 만들고 이끌어왔는지 이해가 되지 않을 때가 있다. 생각해보면 내게 새겨진 어떤 욕망, 어떤 작품 속에서 엿보았던 삶, 우연히 사소하게 마주친 환영들이 삶을 이끌어왔다고 느끼기도 한다. 그런 점에서 소설은 우리 삶보다 더 명확하고, 우리 삶보다 더 우리 삶다운 데가 있다. 어느 순간, 그 서사가 우리가 느끼는 우리 자신의 삶보다 더 강렬하게 '나 자신의 삶'으로 다가오는 것이다.

사랑이 어딘지 불분명하다고 느낄 때, 로맨스 소설을 읽자. 그러면 사랑이 분명해질 것이다. 꿈이 흐릿할 때, 청춘 소설을 읽자. 어느덧 우리는 삶을 명확한 이미지로 꿈꾸고 있을 것이다. 나의 고독이 허망하게 흩어진다고 느낄 때, 외로운 사람에 관한 소설을 읽자. 그러면 오늘 밤의 고독도 다시 지켜지고, 홀로 있는 시간이 다시 다가올 것이다. 누구도 기억나지 않을 때, 우정에 관한, 가족에 관한, 따뜻한 사람에 관한 소설을 읽자. 우리 주변의 모든 사람이 한결 더 살아 있는 존재로 다시 느껴질 것이다. 소설은 그렇게 길이 된다.

유혹을 바란 적 없는 몸짓은

글쓰기에는 약간의 신비가 있다. 심증에 불과하지만, 글쓰기에는 마음이나 영혼의 간절하고 진정한 욕망 같은 것이 나도 모르게 반영된다. 마치 감방에 갇힌 듯이 세상과 차단된 상황에서 타인들과 연결되기를 간절히 원하며 쓴 글에는 실제로 어느 타인들을 부르는 목소리가 담긴다. 그 간절함이 누군가를 끌어당기고, 글을 읽게 하고, 답장을 쓰게 한다.

반대로, 타인이 별반 간절하지도 필요하지도 않은 상황에서 다소 자족하듯이 자기 안에만 몰두한 경우, 그 글쓰기는 이상하게 타인들에게 닿지 않는다. 일종의 자기만족에 머무르게 되고, 실제로 그렇게 간절하지 않았던 만큼 타인들도 굳이 그 글에 이끌리지 않는다. 거의 20여 년간, 지금까지 써온 글이나 책의 개별적인 역사를 생각해보면 그런 경향이 있었던 것 같다.

그렇다고 해서 실제로 글쓰기를 통해 영혼의 향기 같은 것이 뿜어져 나와서, 사람들의 영혼을 신비롭게 끌어당긴다고 믿는 건 아니다. 그저 내 안의 어떤 간절함이 글의 첫 문장이나 책의 첫 챕터부터 그 누군가의 마음에 적중할 만한 흔적들을 실제로 만들어내는 쪽에 가깝지 않을까 싶다. 그런 간절함 없이, 단지 내 안에 더 깊이 머무르기 위하여, 그저 내 안쪽만을 더 들여다볼 목적으로 써낸 글들은 첫 문장부터 그 누군가를 유혹할 만한 구석이 없다. 애초에 유혹을 바란 적 없는 몸짓은 그 누구에게도 유혹적으로 보이지 않는다.

아마 세상의 모든 일이 비슷할 것이다. 누군가 나를 봐주길 바라며 카메라 앞에서 예쁘게 웃는 사람, 누군가 꼭 들어주길 바라며 목청껏 부르는 노래, 누군가 꼭 사주길 바라며 온 정성을 다해 만든 공예품은 그 누군가를 유혹하고, 그 누군가의 손길을 만날 것이다. 그러나 그런 유혹의 바람 없이 취미 삼아, 아무런 결핍이나 간절함 없이 한 일들은 그대로 끝나버리는 경우가 많은 것 같다. 물론 그렇다고 해서 간절히 원하면 진짜 온 우주가 도와주고, 무조건 성공한다는 건 아니다. 하지만 적어도 간절히 원해야만 풍겨 나오는 유혹의 향기 같은 것은 존재하리라는 생각이 드는 것이다.

누군가에게 간절히 닿고 싶은 글을, 그런 마음으로 끊임없이 쏟아내면, 그 편지는 어딘가 닿는다. 실제로 내가 가장 갇혀 지낸 지난 몇 년간, 내가 쓴 글은 가장 많은 사람에게 닿았다. 아마 사람들은 누군가가 쓴 글에서 자신을 부르는 목소리나 흔적 그런 간절함 없이, 단지 내 안에 더 깊이 머무르기 위하여 써낸 글들은 첫 문장부터 그 누군가를 유혹할 만한 구석이 없다. 애초에 유혹을 바란 적 없는 문장은 그 누구에게도 유혹적으로 보이지 않는다.

같은 것을 자신도 모르게 찾아낼 것이다. 결국 글쓰기에도 인생과 다르지 않게 마음이 이끄는 여정이 어느 정도 존재하는 것이다. 실제로 나 또한 어떤 글에서 종종 그 누군가가 정말 간절히 닿기를 바라는 마음을 만난다. 그러면 그 글을 읽어내지 않고는 지나칠 재간이 없다.

그 삶을 회수하여 이 공간으로

아이가 태어난 지 한 달여가 지났을 때였다. 아이가 잠든 새벽이 되니, 문득 이 새벽을 아주 잘 알고 있다는 느낌이 들었다. 친숙하고 달콤하며, 오랜 친구를 다시 만난 듯한 느낌이었다. 모든 것이 달라졌다고 느끼다가도, 그렇게 고요한 새벽이 되니 나라는 존재도, 내가 살아온 삶도, 나를 둘러싼 세계도 그대로임을 알았다.

생각해보면, 내 삶이 단절되거나 나 자신이 전혀 다른 존재로 탈바꿈하는 일은 일어나지 않았다. 예나 지금이나 나는 여전히 나일 뿐이고, 내 삶도 계속해서 내 삶일 뿐이다. 아마 삶을 대하는 태도, 나 자신을 생각하는 방식, 나를 둘러싼 세상을 받아들이는 감각에는 달라진 데가 있을 것이다. 그렇지만 내가 나의 삶에 속해 있다는 사실, 삶이 여전히 계속된다는 것, 그래서 이러한 새벽 또한 매번 돌아온다는 점에는 달라진 것이 없다.

스무 살에나 서른 살에나, 어떻게 보면 많은 게 달라졌지만 달라지지 않은 것이 있다. 십대 시절, 중학생 때 처음, 새벽에 홀로 소설이라는 걸 쓰던 날들 이후로 줄곧 같다. 20년 가까이 흐르는 사이 나는 결혼을 했고 아이도 태어났지만 그때나 지금이나 달라지지 않았다. 어떻게든 마주하게 되는 이 홀로 있는 새벽, 홀로 글을 쓰는 시간, 홀로 입장하여 마주하는 공간. 이 것만큼은 마치 태풍이 불어도 무관한 지하의 벙커처럼, 그 무엇 그 누구도 내게서 앗아가지 못한 채, 영원히 공고하게 있으리라는 생각이 든다.

삶을 지켜주는 것이란 그런 게 아닐까? 모든 게 휩쓸려가 과거의 자기 자신과 삶의 형체조차 알아볼 수 없게 될지라도, 여전히 그대로 존재하는, 영원성을 예감케 하는, 영원한 공고함을 믿게 하는 어떤 순간 같은 것 말이다. 누군가에게는 그것이 기도하는 시간일지도 모른다. 자기 곁을 한 번도 떠난 적 없던, 바로 그 신을 만나는 고요한 시간 말이다.

그래서일까. 나는 늘 기도에 몰입한 누군가를 동경하곤 했다. 그들의 그 단단함을 부러워하고 질투하며 그들처럼 되고 싶었다. 나에게는 그러한 기도가 바로 글쓰기가 아니었나 한다. 감옥에서도, 아우슈비츠에서도, 전쟁터 한가운데서도 기도하는 사람이 있다. 나는 그렇게 기도하듯이 글을 썼다.

문득 군 훈련소에 있던 때가 생각난다. 몇 주간 나는 주변 사람들이 버리다시피 한 수첩들을 주워 모아 대여섯 권 분량의 글을 썼다. 어디에서건 그랬다. 대학교와 대학원을 다닐 적엔 늘 창가 구석 자리에 앉아 수업을 들으면서도 혼자만의 글을 썼다. 지하철에서, 기차에서, 이국으로 가는 비행기에서, 그 어디에서든 마치 공항에 있는 기도실인 양 글쓰기의 공간에 의지하곤 했다.

단지 '더 잘 쓰기 위해서' 혹은 '글감을 메모해두기 위해서' 같은 목적으로 한 글쓰기는 아니었다. 오히려 목적 없이 써나갔던 날들이 더 많았다. 그저 썼다. 쓰지 않으면 안 되는 때도 있었고, 굳이 쓸 필요가 없지만 쓰던 때도 있었다. 글을 쓰는 이유를 알고자 했다면 많이 에둘러 가야 했을 것이다. 하지만 굳이 알 필요가 없었다. 그저 나는 이 공간으로 끊임없이 돌아와야 했다. 헐벗은 몸으로 신을 찾아 광야로 나섰다 돌아오는 탕아처럼, 그저 계속 이곳으로 수렴되어야 했다.

가끔 내게는 단 두 가지가 있는 것 같다. 하나가 삶이라면 다른 하나는 글쓰기다. 삶이란 누릴 수밖에 없는 것이다. 누리지 않고서는 삶이란 있을 수 없다. 삶이란 오직 누림으로써만 삶이 된다. 그러고 나서는, 마치 환상소설 속 마법사가 어느 시공간을 빨아들여 모자 속에 집어넣듯이, 그 삶을 회수하여 이 글쓰기의 공간으로 끌고 와야만 한다. 그래야만 내가 누려낸 그 삶을 내 안에 남길 수 있다. 남기지 않고 누리기만 한 삶은 허공의 연기처럼 흩어져 모두 사라질 것이다. 혹은 이따금 절박하게 기억 속에서 피어올라 자신을 구원해달라며 소리치면, 나는 그 기억을 끄집어내 글로 옮긴다.

'글 쓰는 삶'에는 '내가 글을 쓴다'라는 의미도 있지만, '삶이 글을 쓴다'라는 의미도 있을 것이다. 어쩌면 나는 삶이라는 거대한 무엇이 써나가는, 그리하여 그것을 그저 받아적을 뿐인 존재일는지도 모른다. 존재이지만 존재가 아니기도 한, 삶이 옮겨지는 유령 같은 백지가 '나'라는 사람일는지도 모른다. 어째서인지 이런 생각은 아주 깊고 고요한 위안을 준다. 내가 돌아갈 곳이란 이 새벽과 다르지 않고, 결국 어떤 시간이 흐르든 또 이곳으로 돌아오겠구나. 이곳이 삶이 글을 쓰는 자리구나. 그렇게 언젠가는 내 삶과 함께 이 글쓰기도 끝날 날이 올 텐데, 그날 역시 이곳에 있겠구나, 하는 묘한 생각이 든다.

4장 § 쓰는 고통

—— 글쓰기에도 싸움이 필요하다

살기 위해 쓴다

늘 살기 위해 글을 썼던 것 같다. 가장 외로운 시절에도, 가장 압박받던 시절에도, 가장 자유가 없었던 시절에도, 혹은 나름 풍요로웠던 시절에도 글을 썼던 일관된 이유가 있었다면 아마 살기 위해서가 아니었을까. 마찬가지로 언젠가 가장 슬프고 힘겹고 고독한 어느 시절에도 아마 나는 살기 위해서 연필이나 키보드를 부여잡고 있을 것이다. 그 말인즉슨, 글쓰기에는 아마도 사람을 살려내는 성분이 있지 않나 싶다.

글쓰기에 사람을 살려내는 성분이 들어 있다면, 가장 중요한 성분은 아마도 '연결'이 아닐까 싶다. 글쓰기는 나를 그 무언가와 연결해준다. 특히, 철저히 혼자인 어느 시절에도 글쓰기에는 나를 어느 타인과, 어느 생명 있는 존재와, 어느 생명의 숨결과 연결해주는 기능이 있었다. 하루 방문객이 한두 명밖에 되지 않는 블로그든, 아니면 그조차도 없는 나의 일기장이든, 백지에 문자를 새겨나가면 이상하게도 그 무언가와 연결되는 듯한 마음을 얻고, 그 마음에 힘입어 살아갈 수 있었다.

거기에는 막연한 기대가 있었을지도 모른다. 아무도 읽지 않는 글도 내 안에 녹아들어 먼 훗날 그 누군가에게 닿을 감정의 조각이 되고, 언젠가는 내가 할 말들의 일부가, 내가 내어놓을 생각들의 재료가 되어, 이 문자들이 그 누군가를 만나고, 그렇게 내가 그 누군가에게 닿아서 삶을 이어갈 거라는, 그런 막연한 믿음이 있었을지도 모른다. 유배된 다산이나 자연 속에 스스로를 유폐시킨 루소는 훗날 자신의 글을 읽을 사람들에 대해 말하곤 한다. 그들도 '내가 당신에게 닿는 날, 나는 살아날 것이고, 그 생명이 지금 나를 또한 살리는 어떤 물방울 같은 것이 되어주리라', 그렇게 믿었을 것이다.

사람은 태어날 때부터 운명적으로 결코 혼자서는 살 수가 없어서, 결국 어떤 식으로든 그 누군가와 닿아야만 하는데, 글쓰기란 바로 그런 점에서 생명이 되어주는 것 같다. 근래에는 글쓰기가 온라인 공간에서의 일이 되면서, 실제로도 즉각 타인과 닿게 하는 방식이 매우 보편적이게 되었는데, 그 이유도 글쓰기의 어떤 근본적인 속성 혹은 인간의 속성 때문이 아닐까 싶다. 한때 나는 글쓰기의 그런 '닿음'을 부정하고, 그것은 어딘지 불순한 글쓰기이며 진정한 글이나 예술이 아니라고 믿기도 했는데, 어느 순간부터는 반대로 그것이야말로 본질이라는 걸 알게 되었다.

요즘도 나는 살기 위해 글을 쓴다. 어느 하루를 억누르는 내면과 외면의 모든 억압에 대해서. 글쓰기는 그 모든 것을 뚫고 어딘가로 나아가서 어딘가에 닿는다. 우주가 시작되고 100억 년이 지난 뒤쯤에 지구까지 닿아온 빛의 먼 여정처럼, 글쓰기도 어딘가로 쏘아 보내는 빛과 같은 것이다. 그 빛에 내 생명을 담고, 그 빛이 어딘가 도달해서 지구가 되고 생명이 되고, 그렇게 또한 나의 생명이 된다고 느낀다. 모르긴 몰라도, 참으로 많은 사람이 오늘도 나처럼 살기 위해 글을 쓰고 있을 것이다. 그들의 빛이 저마다 어딘가에 닿을 것이다.

좋은 글은 통념과 싸운다

종종 사람들로부터 글을 쓰고는 싶은데 무슨 글을 써야 할지 모르겠다는 고민을 듣게 된다. 그럴 때 흔히 하는 말은 일기를 쓰거나 옛날 기억에 관해 써보라는 정도지만, 더 좋은 것은 글쓰기를 하나의 '대화'로 생각해보는 일이 아닐까 싶다. 특히 좋은 글쓰기는 대부분 그 무엇과 싸우고 있다. 주로 그것은 이 세상의 '통념'이다.

우리의 삶은 끊임없이 통념과 편견에 의해 공격받는다. 하루라도 온전히 내 삶을, 나의 마음을 지키고자 한다면 세상의 무수한 말들과 싸워야 한다. 세상의 온갖 통념, 이미지, 말은 늘 내가 삶을 사랑하는 일을 방해하고자 호시탐탐 기회를 노린다. 매일 우리 몸속으로 침투하는 바이러스와 세균과 싸우는 면역 세포처럼, 글쓰기를 활용해볼 필요가 있다.

당장 내가 압박감을 느끼고 있는 것들을 살펴보면, 세상이 요구하는 삶의 기준이 멀리서부터 나를 찔러대고 있음을 알게 된다. 좋은 삶이라면 응당 갖추어야 할 수준의 직장, 가정, 패션, 생활의 소품이나 명품, 외모 같은 것들이 거의 언제나 우리를 들들 볶고 있다. 글쓰기란 바로 그런 통념과 맞서 싸우며, 지금 여기 속한 내 삶을 지키려는 일이다.

이런 통념과의 싸움은 삶의 거의 모든 순간에 필요하다. 내가 사랑하는 방식에 관해, 세상에는 그것이 '온당한' 사랑의 방식이 아니라고 속삭이는 말들이 수없이 떠돌고, 그런 말이 내가 온전히 사랑하는 일을 늘 방해한다. 내가 즐기려는 이 순간에 관해, 내가 살아가고자 하는 방식에 관해, 내가 타인을 바라보는 시선에 관해, 그런 통념과 매 순간 싸우는 일이 곧 글쓰기인 것이다.

무언가 이상하다 싶을 때는 나에게 그런 이상함을 느끼게 만드는 것과 대화를 한다. 나에게 불편한 것이 있을 때는 그런 불편함이 어디서 오며, 그래서 나를 불편하게 만드는 그것이 나쁜 것인지, 불편함을 느끼는 내가 잘못된 것인지에 대해 '그것'과 대화를 나눈다. 글쓰기란 그렇게 매번 내게 말을 걸어오는 세상의 통념과 대화를 하고 싸우는 일이며, 어찌 보면 머릿속에서 혼잣말을 하며 혼자만의 싸움을 이어나가는 일이다.

그런데 글쓰기의 신비로움은, 그런 혼자만의 싸움이 어째서인지 글로 써낸 이후부터는 더 이상 혼자만의 싸움이 아니게 된다는 점이다. 알고 보면 모든 사람이 그런 싸움을 하고 있고,

나에게는 무수한 동료가 있음을 알게 되는 과정인 것이다. 그러니 어떻게 글을 써야 좋을지 모를 때는, 통념과 싸우면 된다. 그러면 나의 싸움이 결코 혼자만의 싸움이 아님을 알게 되고, 계속 그 싸움을 이어나가고 싶어지고, 그리하여 꾸준히 글을 쓰게 된다.

이야기되어도 괜찮은 이야기

　자신의 오랜 실패나 절망, 상처에 관해 이야기하는 일은 언제나 어렵다. 그러나 그런 이야기들을 한 번 털어놓고 나면 어째서인지 그래도 된다는 것을 알게 되는 듯하다. 우리는 내 마음에 있는 상처들이 결코 남들에게 들켜서는 안 되는 치부 같은 것이라 자기도 모르게 믿곤 하지만, 사실 이야기되어도 괜찮은 것임을 어느 날, 벼락 맞듯이 깨닫는 날들이 있다. 이후는 마치 다른 세계가 열린 것처럼 기이하게 다가오곤 한다.

　살아가다보면 마음에 갇히는 일들이 늘 일어난다. 나도 모르게 시야가 좁아져 그 바깥은 생각할 수도 없고, 말할 수도 없고, 그게 무엇이든 불가능하리라고만 느껴지는 어떤 상태에 처할 때가 있다. 그렇게 스스로 어떤 벽 안쪽에 갇혀 있는 것을 자기 자신도 모르는 경우가 잦다. 그럴 때, 내가 봉착해 있는 그 벽을 알고, 그다음 그 벽을 넘어서고, 그로써 새로운 삶과 세계를 만나는 일은 삶에서 가장 중요한 순간들을 이룬다.

우리는 내 마음에 있는 상처들이
결코 남들에게 들켜서는 안 되는
치부 같은 것이라 자기도 모르게 믿곤 하지만,

사실 이야기되어도 괜찮은 것임을
어느 날, 벼락 맞듯이 깨닫는 날들이 있다.

예전에 쓴 글들을 보면 내가 갇혀 있던 지점들, 내가 차마 나아가지 못했던 영역들, 내가 어떤 이유로 말하지 못했거나, 스스로도 용인할 수 없었던 측면들이 보이곤 한다. 그리고 바로 그런 경계선을 넘었던 순간들이 기억난다. 어느 순간부터는 말해도 된다는 것, 생각해도 된다는 것, 드러내도 된다는 것을 알게 된 것이다. 아마 이런 것을 삶에서의 성장이라 부를 수 있을 것이다.

삶에는 확실히 어떤 '넘어섬'들이 있다. 흔히 종교에서 신앙을 갖게 된 과정을 이야기할 때도 그런 넘어섬은 무척 중요한 것으로 받아들여진다. 아마도 그런 넘어섬은 넘어서기 전까지는 결코 알 수 없을 것이다. 그전까지는 처절할 정도로 '그 너머'를 부정하며, 나는 지금 이 벽 안쪽의 나로서 고정되어 있고, 그 이상으로 나아갈 여지 같은 건 없다고 필사적으로 스스로를 설득하게 된다. 그러나 넘어서고 나면 그 모든 자기 설득이나 합리화가 무색해진다.

집 안에 있을 때는 그토록 나가기 싫을 때가 있다. 나가봐야 별것 없을 거라고, 아무런 의미도 없고 힘겹기만 할 거라고 생각해 문고리를 잡아당기는 것조차 힘겨울 때가 있다. 그러나 현관문의 경계를 넘는 순간, 그 마음은 온데간데없이 사라지면서 바깥의 세상을 사랑하게 되기도 한다. 아마 삶도 크게 다르지 않을 거라고 믿는다.

그래서인지, 언젠가부터 '하기 싫은 일'이라도 할 수 있음을 믿게 되었다. 하기 싫은 것도 그냥 해보면 괜찮은 것이다. 절대 할 수 없다고 믿던 것도 막상 시작해보면 그 나름의 흐름에 이끌려 나아가게 된다. 그렇게 세상이, 삶이 나에게 열린다고 느끼게 된다. 넘어서면 더 나은 것이 온다는 이 믿음은 무척이나 중요해서 어느 순간 나를 사로잡는 감정, 언어, 자기합리화, 거부감 같은 것을 넘어서게 하고, 결국 그 믿음이 옳았음을 인정하게 한다. 그렇게 믿음이 삶을 더 나은 곳으로 인도한다.

누구에게 인정받는가

　'누구에게 인정받는가'라는 문제는 삶에서뿐만 아니라 글쓰기에서도 가장 중요한 문제에 속한다. 특히 '누구에게'가 중요하지 않을 수 없는데, 살아가면서 우리가 지향하고 욕망하는 것들은 대체로 어떤 타인(타자)을 향하기 때문이다. 의식적으로 그럴 때도 있지만, 더 많은 경우 무의식적으로 그렇게 된다.

　흔한 정신분석학적 관점에서 그 대상은 자주 부모가 된다. 어린 시절, 의식 아래 축적된 '부모에게 인정받고자 하는 열망'은 거의 평생 이어진다. 부모가 느꼈던 결핍, 부모가 자기 자신에게 혹은 나에게 바랐던 것들이 내 인생에 투사되어 오랫동안 따라다닌다. 경제적 안정이든 명예든 인기든, 부모가 중시한 가치는 많은 경우 자식에게 투사되어 그의 인생을 이룬다.

　비슷한 빈도로 흔한 인정욕망은 이성에게 사랑받고자 하는 욕망이다. '왜 그렇게 열심히 외모를 꾸미고, 사회적 성공을 이루려 하는가'에 대한 최종적인 대답은 '이성에게 사랑받기 위해서'인 경우가 적지 않다. 이런 욕망은 평생의 반려자를 찾는 것으로 종료되기도 하지만, 결혼 이후에도 배우자한테서 지속적으로 사랑과 인정을 받지 못할 경우, 흔히 실제 외도든 정신적인 외도든, 다른 이성에게 사랑받기를 꿈꾸게 되는 듯하다.

이는 모두 일반적인 경우에 해당한다. 글쓰기와 관련된 삶의 영역들을 보다 촘촘하게 들여다보면, 이 '인정받고자 하는 대상'이 글 쓰는 사람의 운명을 거의 결정짓는다는 사실을 알수 있다. 그 대상이 학계의 교수들이냐, 문단의 문인들이냐, 대중이냐, 언론계 기자들이냐, 그 외 정확히 어떤 지식인들, 혹은 어떤 분야의 사람들이냐에 따라 그의 글쓰기는 천차만별로 달라진다. 그로 인해 그의 직업도, 그의 삶도, 그의 정체성도 규정되는 경우가 대부분이다.

그런데 글쓰기에서 누구에게 인정받는가 하는 문제가 어떤 우열관계를 형성한다고 보긴 어렵다. 각 영역에 속한 사람들이야 자신들이 우월하다고 생각할지도 모른다. '우리는 더 심오한 깊이를 추구하는 사람들의 무리니까', '우리는 대중에게 더 널리 읽히는 사람들이니까', '우리는 더 오랜 전통을 가진 집단의 승인을 받고 있으니까' 등으로 자기 자신을 합리화하는 나르시시즘에 빠지지만, 사실 딱히 더 우월한 글이나 글쓰기 영역이 있다고 보긴 어렵다. 단지 인정받고 사랑받는 영역과 측면이 다를 뿐이다.

많은 경우 그러한 '인정'은 아주 사소한 타인들에 의존하기도 한다는 점에서 사실 그리 대단하다고 여길 만한 것이 못 된다. 이를테면 학계의 원로, 문단의 유명 평론가, 주요 잡지사의 기자 등 몇몇 사람에게 인정받는 것이 기쁠 수는 있어도, 그들 역시 많은 독자 중 한 명일 뿐이다. 또한 그러한 '인정'의 진정성 및 진실성이 어디까지인지, 얼마나 일관성 있고 객관성 있는지 등을 고려한다면, 그러한 인정은 그리 집착할 만한 것도 의지할 만한 것도 되지 못할 수 있다.

　　내가 과연 좋은 글을 쓰며 좋은 삶을 살고 있는지를 제대로 확인하려면, 내가 쓰는 글이 나를 진실로 행복하게 하는가에 초점을 맞추는 것이 더 낫지 않을까 싶다. 이를테면, 내가 사랑하는 사람들이 나의 글을 읽고 좋아해주는 것이 유명한 누군가가 내 글을 인정해주는 것보다 때론 훨씬 더 중요하지 않을까? 내가 쓴 글이 내게 되돌아와 실제로 내 삶을 이루고 내 삶을 보다 나은 곳으로 이끄는지를 기준으로 글을 쓰는 것이, 누구에게 인정받는 데 몰두하는 것보다 현명한 게 아닐까? 그렇지 못한 글쓰기란, 결국 왜곡된 욕망이나 잘못된 집착과 더 깊이 연관되어 있을지도 모른다.

무엇을 욕망할 것인가

예전에는 나에게도 지식인들에게 인정받고 싶은 욕망이 있었다. 정확히 누구한테 인정받는 건 아니더라도, 그저 철학이나 문학을 잘 아는 식자 그룹에게 인정받고 싶었다. 나도 니체에 대해 이만큼 알고 있다, 내가 생각하는 카뮈란 제법 깊이 있지 않으냐, 나도 발터 베냐민이나 에릭 호퍼에 대해 알 만큼 안다, 같은 사실을 '그 누군가'에게 알리고 싶은 묘한 마음이 있었다. 그런데 어느덧 그런 마음은 거의 사라졌다.

그런 종류의 욕망은 공부깨나 열심히 하는 인문학도 사이에서는 은근히 공유되던 전제가 아니었나 싶다. 라캉이나 들뢰즈에 대해 누가 누가 더 잘 아나, 쇼펜하우어의 구절을 누가 더 적절하게 암기하고 이해하고 있나, 같은 것들에 묘한 경쟁심이 있었고, 그런 은근한 욕망이 지식을 추구하는 바탕이 되었던 것 같다. 그런데 어느 순간부터 나는 그런 유의 인정투쟁이란 그다지 의미가 없다고 느꼈다. 그 뒤로는 차근차근 그런 욕망을 내 안에서 거의 다 버린 듯하다.

그런 과정을 밟았던 건 아무래도 현실에서 내가 매력적으로 생각하는 사람들, 혹은 내가 호감이나 인정을 얻고 싶은 사람들이 점점 그런 지식인들이 아님을 알게 되었기 때문이다. 인정을 받거나 사랑을 받는다면, 지식인보다는 연인이나 가족한테서 받고 싶었다. 아니면 주변의 공부하는 사람들보다는 여행지에서 만난 사람, 모임에서 만난 사람, 어쩌다 인연이 닿은 사람, 그러니까 조금 더 넓은 세상의 조금 더 가볍고 다채로운 사람들로부터 관심과 사랑과 인정을 받고 싶었다. 그것은 아마 내가 살고 싶었던 세계와도 관련이 있었을 것이다. 나는 대학원이나 학회를 오가며 살기보다는 막연히 더 넓은 세상에서 살고 싶었는데, 그런 마음이 나의 인정욕망이랄 것도 바꾸어놓지 않았을까 싶다.

아내를 만나고 나서 그런 종류의 욕망에 변화가 더 크게 일어났다. 아내를 처음 만날 때만 해도, 아내를 비롯하여 주변 사람들 대부분이 내가 쓰는 글이 '어렵다'고 하던 터였다. 물론 이른바 식자층은 내 글이 어렵긴커녕 너무 쉬워서 탈이라고 하기도 했는데, 그만큼 내가 있던 세계와 그렇지 않은 세계 사이의 간극이 컸던 셈이다. 실제로 내가 쓴 책들의 리뷰를 보면 첫 책부터 어렵다는 말이 제법 있었는데, 이제 그런 말은 거의 사라졌다. 나의 감각이랄 것도 더 넓은 세계에 맞추어져왔고, 그런 변화는 나에게 꽤 총체적인 만족감을 주었다.

그 만족감이란, 내가 머릿속에서 만나는 지식인들이 아니라 현실에서 만나는 가까운 사람들한테서 내가 쓴 글이 참 좋다는 말을 듣는 데서 오는 것이고, 그렇게 실제로 내 삶의 가까운 곳에서부터 상호작용이 더 친밀하게 이루어지면서 생겨난 것이다. 얼마 전 책 출판을 앞둔 한 지인에게 전해 들으니, 요즘 출판계에서는 내가 친근하고 읽기 쉽고 야들야들한 에세이를 쓰는 사람으로 알려져 있다고 했다. 이건 참 기분 좋은 말이자 변화다. 그런 식으로 나는 내가 살고 싶은 세계, 내가 관계 맺고 싶은 사람, 내가 인정받고 싶은 타자를 바꾸어왔다는 생각이 든다.

앞으로 어떤 글을 쓰고 싶냐고 한다면, 그저 나를 배반하지 않으면서도 더 넓고 더 다채로운 세계와 맞닿을 수 있는 글을 쓰고 싶다. 내가 쓴 글을 통해 더 멀리까지 여행하고 싶고 더 많은 사람을 만나고 싶다. 이따금 어린아이와 어른이 모두 사랑할 수 있는 환상소설이나 환상동화를 쓰고 싶다는 생각도 든다. 물론, 그건 어디까지나 내 마음이 그만큼 넓어진다는 전제하에서 그렇다. 일부러 쉬운 글, 일부러 대중적인 글, 일부러 더 많이 읽히는 글을 쓰고 싶은 생각은 없다. 그저 나의 마음도, 나의 세계도, 나의 만남도 함께 어우러지며 내가 더 좋아할 만한 세계에 닿길 바랄 뿐이다.

나 이상의 것을 말하지 않기

일련의 사건들과 개인적인 경험으로 글 쓰는 사람과 그가 쓴 글이 무척 다를 수도 있음을 알게 되었다. 그래서인지 나 스스로 글을 쓰는 사람임에도, 요즘에는 글을 읽으면 쉽사리 믿음이 가지 않는다. 이 사람이 글은 이렇게 쓰지만 실제로는 어떤 사람일까, 자신이 쓴 글대로의 사람일까, 하는 생각을 자주 하게 된다.

나아가 그런 생각은 나 자신에게 적용되기도 한다. 내가 나 자신과 불일치하는 어떤 이미지를 만들어내는 건 아닌지, 글을 씀으로써 나 자신을 배반하거나 속이고 있는 건 아닌지 스스로를 의심하곤 한다. 글을 쓰는 사람으로서 가장 무서운 것이 있다면 '그거 당신 아니잖아', '실제로는 그렇지 않잖아' 하는 말이 아닐까 싶다.

물론, 읽는 사람이 어떤 글을 통해 마음대로 상상한 글쓴이가 실제 글쓴이와 일치해야 하는 것은 아니다. 글을 읽는 사람이 100명이라면, 100명이 각기 다른 방식으로 그 글을 받아들이고, 글을 쓴 사람을 100가지 방식으로 바라보게 된다. 그중 어떤 면이 글쓴이와 일치하지 않는다고 해서, 그것이 꼭 글쓴이의 잘못이라고 할 수는 없을 것이다.

그럼에도 나는 글을 통해 얻은 호의든, 선의든, 신의든 하는 것을 배반하는 사람이 되고 싶지 않다. 만약 내가 쓰는 글들이 나 자신을 원래의 존재 이상으로 드높이는 측면이 있다면, 그런 부분들은 모두 가지치기하듯이 잘라내고 싶다. 나 자신에게 여러 모습이 있을 수는 있겠지만, 가장된 모습으로 세상을 떠돌고 싶지는 않다.

그래서인지 몰라도 강연장에서도, 북토크에서도, 모임이나 수업에서도, 가능한 한 있는 그대로의 나를 드러내기 위해 순간순간 애를 쓴다. 말 한마디를 하더라도 나를 꾸미는 말보다는 내 내면에 일치하는 말을 하려고 한다. 적어도 그 순간에 분열되지 않고자 한다. 잘 보이려 하지 않고, 멋있어 보이거나 좋은 사람처럼 보이려고 애쓰지 않는다.

매일 글을 쓰는 이유도 더 온전히 자기 자신으로 살기 위함이지, 스스로 분열되거나 누군가를 속이거나 그를 통해 무엇을 얻기 위함은 아니다. 내가 언제까지나 나 이상의 것을 말하지 않는 사람으로 살 수 있길 바란다. 그런 삶을 살고 싶어서 매일 쓴다.

불편함이 없는 글은 없다

한편의 글이 누군가에게 위안이나 기쁨을 줄 수 있다면, 동시에 누군가에게는 불행이나 슬픔, 박탈감을 줄 수도 있다. 아무리 선의로, 누구도 상처 입히려는 의도 없이 쓴 글일지라도, 그 글의 존재 자체가 누군가에게는 해가 될 수 있다. 이는 피할 수 없는 진실과 같아서, 글을 쓰는 사람은 언제나 자신이 쓴 글을 불편해하며, 싫어하고, 그로부터 상처받는 사람이 있다는 사실을 알 필요가 있다.

나만 하더라도 단지 나의 일상을 적거나, 그저 일상에서 마주한 성찰 정도를 적었을 뿐인데, 누군가에게는 그 자체로 불행감이나 불쾌감을 주는 경우도 있음을 알고 있다. 사실 글쓰기를 비롯한 '표현'은 표현하는 이에게 이로운 점도 있지만 그 자체로 중독성이 있어서, 표현하면 할수록 그 표현 자체에 의존하게 되기도 한다. 마찬가지로 누군가의 표현을 들여다보는 일에도 비슷한 지점이 있고, 나아가 타인의 표현 자체가 내 삶에 엄

아무리 선의로,

누구도 상처 입히려는 의도 없이

쓴 글일지라도,

그 글의 존재 자체가

누군가에게는 해가 될 수 있다.

청난 부담으로 다가오는 경우도 있다.

이제는 어디에서나 쓰이는 사르트르의 "타인은 지옥이다"라는 말도 유사한 의미 지평을 지니고 있다. 타인의 존재 자체, 타인이 존재한다는 것 자체, 타인의 시선 자체가 나의 존재에 때론 지옥 같은 부담이 될 수 있는 것이다. 이것은 피할 수 없는 일이어서, 표현하는 사람이 언제나 마주하게 되는 고민거리이기도 하다. 나의 표현은 그 누군가를 반드시 불편하게, 때론 불행하게 만든다.

글을 쓰는 일뿐만 아니라 살아가는 일도 크게 다를 게 없다. 나의 존재는, 나의 삶은 그 자체로 누군가에게 영향을 주고, 그의 시야에서 사라지는 게 나은 것이다. 살아가면서 그렇게 내가 누군가에게 불편한 존재가 될 수도 있다는 사실을 인정하는 일이란, 꽤 중요한 일이 아닐까 싶다. 그것은 너무나 당연하고도 필연적인 일이어서, 그런 일 자체를 온전히 인정하는 데서 삶도, 글쓰기도, 그 밖의 내 존재의 표현이라는 것도 제대로 시작될 수 있을 것 같다.

나에게 불편한 것들을 불편한 것으로 인정하는 마음도 가지려 한다. 그러나 나에게 불편한 것들이 잘못된 것들은 아니다. 반대로, 내가 누군가에게 불편하더라도 내가 잘못된 것도 아닌 것이다. 그저 이 세상에는 불편함이 산소처럼 퍼져 있어서, 모든 삶에서 인생 내내 불편함은 언제나 존재할 수밖에 없다. 내가 타인에게 느끼는 불편함이든, 타인이 내게 느끼는 불편함이든, 불편함은 너무 당연한 것이어서 때로는 그것 자체가 대단한 것도 아니고, 절대적인 가치 기준이나 평가 기준이 될 수도 없음을 여러모로 인정하게 된다.

　　너무 불편한 건 삶에서 자연스럽게 치워버리고, 때로는 불편한 것을 마주하며 받아들이고, 나를 불편해하는 존재들을 그저 인정하면서, 그렇게 살아가면 되지 않을까 싶다. 불편함이 없는 삶이란 역사 이래로 존재한 적이 없다.

글 쓰는 사람에겐 증오가 많다

글 쓰는 사람들은 대개 증오가 많다. 내가 겪어온 사람들이 대부분 글 쓰는 일과 관련되어 있어 다른 직업군과 비교해도 더 그런지는 모르겠지만, 내가 아는 한 글 쓰는 사람 중에는 증오 혹은 분노를 가진 사람이 많았다. 실제로 나는 지식인이 누군가를 참으로 쉽게 증오할 가능성이 큰 집단이라고도 생각한다. 그 이유는 글을 쓰면서 그 누군가의 관심을 갈구해보았고, 그로 인해 인정이나 찬사를 얻어보았기 때문이다. 널리 알려진 지식인들이 시간이 흐를수록 묘한 증오에만 사로잡히는 건 드문 일이 아니다.

다소 이상한 일이기도 하지만, 사람은 원래 자신을 가장 사랑해주었고 자기가 가장 사랑했던 사람을 가장 증오하게 된다. 비슷한 맥락에서 글 쓰는 사람은 많은 경우 자기가 얻었던 관심, 존경, 인정, 찬사, 감탄만큼 꼭 그 누군가를 미워하게 된다. 한 번 얻은 그만큼의 인정이 다시 돌아오지 않을 때 혹은 스러져가거나 사라져간다고 믿을 때, 심지어 그와 반대되는 비판이나 비난, 평가절하를 받을 때, 이들은 많은 경우 자신이 받았던 사랑만큼 증오를 품는다.

통계적으로 정확한 건 아니지만, 글 쓰는 일이 더 그런 애증에 깊이 엮인 듯이 느껴지는 것은, 글 쓰는 사람들이 보통 속살까지 내어놓을 정도로 세상에 옷 벗고 달려드는 경우가 많기 때문인지도 모른다. 나의 진실, 나의 솔직함, 내가 믿는 내 안의 가장 깊은 생각과 마음을 내어놓은 후, 그 누군가로부터 사랑받고, 동시에 그 지점에서 그 누군가로부터 헐뜯기는 일을 겪다 보면, 대개는 그리 의연한 사람이 되는 것 같진 않다. 오히려 더 예민하고, 더 까칠하고, 더 많이 미워하고, 더 많이 증오하고, 더 많이 싸운다. 그러나 때론 더 많이 사랑하며, 그렇게 살아가는 것처럼 보였다. 물론 그것이 꼭 나쁜 건 아니겠지만 내가 원하는 나의 모습과는 다르다고 느낄 때가 많았다.

그런데 그건 나의 이야기이기도 하다. 나도 글 때문에 누군가를 미워한 적이 많았다. 습작 시절, 내가 보여준 글을 별로라고 하는 사람을 미워했다. 내가 쓴 글이나 책을 처음 세상에 내어놓았을 때, 좋은 서평에 화색이 돌면서도, 비판적인 서평이 나오면 앙심을 품었다. 내가 얻었던 어떤 호의나 관심은 내가 받는 어떤 비판이나 비난 앞에서는 아무 소용도 없고 기억도 나지 않고 가치도 없는 것이 되어 연기처럼 사라졌다. 글을 쓰면 쓸수록, 손쉽게 미움이나 증오에 사로잡힐 수 있음을 알게 되었다. 또 그때서야 글 때문에 날뛰면서 서로 증오하고 갈라서고 죽을 듯이 미워하는 주변 사람들이 보였다. 그리고 어느 순간부터는 정신 차려야겠다고 생각했다. 적어도 나는 그러고 싶어 글을 쓰는 게 아니다. 내게 글쓰기가 그런 것이어서는 안 된다.

대략 나이 서른이 넘어가면서부터 인생의 목표 같은 게 생겼다. 인생에서 가능한 한 사람들을 덜 증오하는 것이다. 과연 내가 어디까지 덜 증오할 수 있는지, 몇 명까지 안 미워할 수 있는지 궁금하기도 하다. 앞으로 10명, 100명까지 가능할까? 1,000명 이하로 미워할 수 있을까? 이런 생각을 한다. 가능하면 적게 미워하며 살고 싶다. 그런 바람이 어느 정도 통하긴 하는지, 요즘에는 내가 쓴 책에 달리는 비난 섞인 댓글을 봐도 별 감흥이 없다. 어느 독자의 말처럼 누군가에게는 내 책 살 돈으로 '고추바사삭'을 사 먹는 게 더 나을 수 있으니 말이다. 그렇지 않다고 확신하는 것이야말로 터무니없는 오만이다.

내가 쓰는 글은 어디까지나 내 안에서 시작되어 내게 이로운 무언가를 위해 쓰이는 것일 테다. 이따금 내가 쓰는 글 덕분에 하루를 견딘다, 내가 쓴 글을 세상 모두가 읽으면 좋겠다, 내가 쓴 글 때문에 사는 것 같다, 하는 말을 들을 때가 있다. 항상 그런 건 아니지만 어느 때는 심장이 무너지는 것 같다. 내가 그런 말을 들을 자격이 있나, 내가 그런 걸 하고 있는 건가, 내가 쓰는 것이 누군가에게 그런 의미인가 싶은 생각에 이상한 절망감이 드는 것이다. 나는 성인도 아니고 군자도 아니고 현인도 아니고 이기적인 한 인간일 뿐인데, 내게 없는 것을 누군가가 얻어간다고 할 때 느끼는 이상한 마음의 비틀림이 있다. 그런데 그 이상한 절망이 또 때로는 계속 글을 쓰게 한다.

자존감을 제대로 쌓는 법

요즘에는 눈에 보이지 않는 내공처럼 쌓아 올릴 수 있는 '자존감' 같은 것이 과연 존재하는가 의문이 들곤 한다. 어떠한 상황에서도 스스로를 존중할 수 있는 마음의 힘이라는 것을 얼마나 단단하게 만들 수 있을까? 그보다는 실제로 존중받는 경험, 실제로 사랑받는 상황, 실제로 나를 채워줄 수 있는 조건 자체가 마음의 힘을 이루는 블록들이고 보호막들은 아닐까.

사람은 생각보다 나약해서 참으로 쉽게 무너지고, 스스로를 미워하고, 아무도 자신을 사랑하지 않는다는 절망감에 빠지기도 한다. 나는 형편없는 인간이고 부족한 존재라는 우울에 떨어질 때, 스스로를 다독이는 내면의 목소리나 힘 같은 것이 아주 큰 도움은 되지 않는다고도 느낀다. 그보다는 실제로 타인으로부터 내가 '형편없는' 존재가 아니라는 확인이 필요하고, 실제로 내가 사랑받고 관심받고 있다는 것, 나도 존중받을 만한 점들이 있다는 것을 경험적으로 확인해가는 과정이 언제나 더 중요하지 않을까.

홀로 팟캐스트를 녹음하면서 관심 있는 것들에 대해 공부하여 이야기하다보면, 청취자가 한두 명이라도 생기기 마련이다. 그러면 그중에서 내 목소리를 좋다고 느끼는 사람도 한두 명쯤은 있다. 그러면 그때서야 비로소 내 목소리도 괜찮구나, 누군가에게 들려줄 만하고 위로를 줄 수도 있구나, 알게 된다. 그전까지 아무 가치도 없다고 생각했던 내 목소리의 가치를 조금이라도 느끼게 되면 자존감도 살짝 높아진다. 비타민 주사를 맞듯이 말이다.

누군가 내게 다가와서 자신의 고민을 털어놓고, 내가 필요했다고, 나의 이야기를 듣고 싶었다고, 그렇게 전해오는 목소리와 마음을 듣게 되면, '아, 나도 누군가에게 조금은 특별하고 필요한 존재구나' 하고 느낄 수 있게 된다. 내가 무엇을 잘했는지, 무엇이 대단한지, 어떤 면에서 쓸 만한지는 몰라도, 그저 누군가에게는 나의 존재 자체가 필요할 수도 있고, 누군가는 어둠 속에서 나를 찾을 수도 있다. 이 사실을 알게 되면 내 존재를 조금은 긍정하고 사랑할 수 있게 된다.

자존감이라는 것은 그런 식으로만 제대로 쌓아갈 수 있는 게 아닐까. 주위에 지속적으로 서로 존중과 인정을 주고받는 사람이 있고, 서로에게 안정된 사랑을 베푸는 사람이 있다면, 그러한 조건 자체가 자존감을 이루는 게 아닐까. 그런 것들을 무척 자연스럽게 해내는 사람은 자연스럽게 자존감이 높아질 테지만, 그런 게 어려운 사람은 어떤 식으로든 그런 작은 성취들, 자신의 가치를 확인받는 경험을 스스로 만드는 것이 좋다고 생각한다. 나 또한 그런 것들을 그다지 자연스럽게 해내는 편은 아니라서, 부단히도 그런 기회나 경험을 찾으며 살아왔다.

처음 소설을 썼을 때, 어머니에게 소설을 보여주었다. 어머니는 어떻게 어린 나이에 이런 소설을 쓸 생각을 다 했냐면서 대단하다고 칭찬해주었다. 그 뒤로 나는 거의 매일같이 글을 썼다. 나중에 블로그에 글을 쓰면서는 한두 명일지라도 내가 쓴 글을 유심히, 주의 깊게, 오랫동안 읽어주는 사람들이 내 청춘의 가느다란 자존감의 끈이 되어주었다. 내 목소리를 좋아하는 사람이 처음 생기면서, 내가 쓴 책을 좋아하는 사람도 있다는 걸 알게 되면서 자존감의 재료들을 얻을 수 있었다. 그렇게 부지런히, 내 마음에 유산균 같은 것을 넣어주어야 했다.

여전히 내 곁의 사람들이 내게 매일의 힘이 된다. 그것이 내가 무너지지 않도록 작은 인정과 관심의 끈이 되어 이어지고 있다. 나의 자존감이란 내 안에 쌓인 단단한 영혼의 힘이라기보다는 매일 주워 모으는 조약돌 탑 같은 것이다. 나에게 삶이란 그 조약돌이 무너지지 않게 매일 다듬고 모으고 쌓아나가는 일이다.

　　우리 시대의 정신이랄 게 있다면, 자기의 고통에 관하여
는 100장도 쓸 수 있지만, 타인의 고통에 관하여는 한 장도 채
울 수 없다는 것이 아닐까 싶다. 가령, 서울 시내 20억짜리 부동
산을 가진 사람은 자신이 세금이나 대출로 얼마나 고통받는지
에 관하여 필리버스터라도 할 수 있을 것이다. 그러나 정작 자
기 건물에 살고 있는 세입자나 바로 옆의 2억짜리 다세대주택
에 사는 사람의 어려움에 관하여는 3분 이상을 말하지 못할 것
이다.

　　마찬가지로 억대 연봉을 받는 어느 직업인은 자기 직종의
고통에 관해 책 한 권도 쓸 수 있겠지만, 곁에서 함께 일하며 연
봉 3000만 원을 받는 파견업체 사람의 어려움에 대해서는 단
세 줄도 쓰지 못할 것이다. 서울 시내의 상위권 대학을 다니는
이들은 대기업에 들어가지 못하는 고통에 관해 신도 저주할 준
비가 되어 있겠지만, 사무직은 평생 꿈도 꾸지 못하는 이들의

입장에 관해서는 영원히 생각할 일이 없을 것이다. 나에게 피해를 주는 공정함의 규칙에 관하여는 정의를 부르짖을 수 있어도, 나를 여기까지 데려와주었던 차별에 대해서는 조금의 문제도 느끼지 않을 것이다. 가령 내가 부모의 은혜를 입어 새벽까지 공부할 수 있었던 시간에, 새벽부터 배달을 해야 했던 동년배의 그 누군가에 관해서는 말이다.

그렇게 모두가 자기의 고통에 고도로 몰입하고, 또 누구나 발언할 수 있는 시대가 되었는데, 결국 그중에서 가장 많이 들리는 목소리는 그만큼 '말할 입'이 있는 이들에 관한 것이다. 그리고 당연히 그런 입은 엘리트 계층, 말할 수 있는 권위와 지위, 권력을 가진 이들, 혹은 자기의 입장에 관해 타인에게 조리 있게 이야기할 수 있을 만큼 고등교육을 받은 사람들이 대부분 가지고 있다. 그들은 칼럼을 통해서든, SNS를 통해서든, 개인적인 채널이나 인맥을 통해서든 세상에 자기 입장에 관한 목소리를 더 많이 뿌려놓을 수 있다. 그러나 그런 입조차 가지지 못한 사람들은 기껏해야 포털 뉴스 댓글에 비명 같은 몇 줄을 남기는 것이 고작이다.

그래서 어느 소외된 계층에 관하여, 그들이 얼마나 어려움에 처해 있는지가 그 자식들을 통해 말해지는 경우도 본다. 방역수칙을 준수하며 최선을 다했으나 망해버린 아버지의 노래방 사업, 사실상 유일한 생계 수단이었던 방문 판매업이 불가능

여기, 알려지지 못하는 삶이
도처에 널려 있다.
내가 아는 것이 너무 적다고 느낄 때는
그런 순간을 마주하게 될 때다.

해진 어머니의 현실, 하루하루 생활조차 쉽지 않게 된 고향 할아버지의 절박함, 매일같이 드나들던 동네 교회가 문을 닫자 마음 둘 곳이 없어진 할머니에 대한 이야기들은 겨우 그들의 입을 대신해주는 어느 존재들을 통해서나 전해 듣게 될 뿐이다.

그래서일까, 가끔은 세상의 시끄러움에 신경을 끄고 싶을 때가 있다. 어떤 이들은 너무 많은 입을 가졌고, 그리하여 자기의 일이라면 발톱 깎는 일까지 거의 모든 문제를 세상에 알리고 있지만, 정작 이 세상에는 그보다 몇 배는 더 중요한 이야기들이 발화되지도 못한 채 숨죽이고 있다는 생각이 들기 때문이다. 그럴 때면 나의 귀가 마땅히 들어야 할 것을 듣기보다는, 굳이 들을 필요도 없는 것까지 듣게 된다는 느낌을 받곤 한다. 들어야 할 것은 9시 메인 뉴스보다는 아무도 클릭하지 않는 포털 구석 뉴스에 있을지도 모른다. 모두가 머리를 맞대고 고민하는 문제보다도, 아무도 들여다보지 않는 곳에 더 진정한 문제가 있을는지 모른다. 세간의 관심이 집중된 이슈보다는 포털 뉴스 댓글 한 줄, 아무도 들여다보지 않는 계정의 피드 몇 줄 속에 있을지도 모른다.

가끔 거리를 걸으면서 시야가 선명해지는 걸 느낄 때가 있다. 온 세상 사람들이 부러워하는 주상복합 건물이나 핫 플레이스, 명품 자동차를 볼 때가 아니다. 내가 이 세상에 관해 너무 모른다고 느끼게 하는 풍경을 무수한 골목에서 마주치게 될 때다. 반면 이전까지 나의 시선을 사로잡아왔던, 너무 화려한 세간의 이슈 거리는 무미건조하고 하찮게 느껴지곤 한다. 여기, 알려지지 못하는 삶이 도처에 널려 있다. 내가 아는 것이 너무 적다고 느낄 때는 그런 순간을 마주하게 될 때다. 정말이지 내가 아는 것은 너무 없다. 알아야만 하는, 말해지지 않는, 들릴 수도 없는, 그런 이야기들이 참으로 많다.

프로 혹은 프리랜서

프리랜서로 사는 것의 가장 큰 어려움은 끊임없이 자기를 증명해야 한다는 점이 아닐까 싶다. 소속과 지위는 자기 증명의 책임을 덜어준다. 내가 설령 과거만큼 뛰어난 감각이나 능력이 없더라도, 혹은 올해는 작년만큼 성과가 좋지 않더라도, 집안 사정이나 몸이 좋지 않아 몇 달간 집중력 부족에 시달리더라도, 어느 정도는 '나의 존재'가 보장된다. 그러나 프리랜서는 매번 결과물로 항상 자기 존재를 증명해야만 한다.

정규직 교수는 몇 년간 좋은 논문을 쓰지 못하더라도 지위가 쉽게 박탈되지는 않는다. 강의평가가 좋지 않거나 개인적인 사정으로 강의 준비에 충실할 수 없었다 하더라도, 어느 정도 소속이 보장해주는 지위가 이어진다. 그러나 아직 소속이 없는 연구자는 끊임없이 좋은 논문과 연구로 자기를 증명해야만 하고, 몇 년간 그런 성과를 내지 못하면 존재 자체가 삭제된다. 매번 강의평가에서 '최상'의 결과를 유지해야만 한다는 압박을 받게 되고, 그런 항시적인 긴장 상태로서만 자신의 존재를 유지할 수 있다.

책을 쓰는 작가는 몇 년간 좋은 책을 써내지 못하면, 수입 자체가 없어지고 강연이나 수업, 방송 활동도 점점 힘들어진다. 그러나 어딘가에 소속되어 글을 쓰는 이들은 대단한 성과랄 것을 꾸준히 내지 않더라도, 어느 정도 수입이 이어지고 소속도 보장된다. 물론 소속 안에서의 압박은 존재하고, 언제까지나 시원치 않은 성과만으로 조직에서 버티기는 어렵겠지만, 그렇다고 당장 이달 수입이 끊기거나 올해 하반기가 불안해지지는 않는다. 더군다나 소속 내에서 지위가 올라갈수록 부하 직원이나 새로운 직원들이 일부 업무를 감당해주기도 하고, 상호협력 속에서 전체적인 성과를 유지시키는 완충지대들이 있다. 하지만 프리랜서는 언제나 자기 일이 자기 증명이 되고, 생존 수단이 되며, 어찌 보면 오늘만 사는 삶에 가까운 라이프스타일을 지니게 된다.

사실, 어느 직업이든 어느 형태의 일이든 저마다 고충은 있기 마련이다. 매번 상사한테 압박받고 시달리느니, 다소 불안정하더라도 프리랜서의 자유를 택할 사람도 많을 것이다. 어느 형태의 삶이 객관적으로 더 낫다거나 더 어렵다고 말할 수는 없다. 다만 프리랜서에게는 고유한 고충이 있는데, 그 고충은 바로 존재 증명의 불안과 긴장이다. 이런 상태를 즐기거나 충분히 감당할 수 있는 이들은 프리랜서가 적성에 맞는다고 볼 수 있는 반면, 그런 상태에서 무척 큰 스트레스나 괴로움을 느낀다면 역시 어느 소속이든 찾는 게 좋을 것이다.

내가 소속 없는 작가로 한동안 살면서 느꼈던 가장 큰 어려움은 그런 유의 불안이었다. 책이 조금 화제가 되거나 잘 팔리면, 반년 정도는 일거리가 많아 수입을 유지하는 게 가능했다. 그러나 반응이랄 것이 전혀 없는 경우도 있었다. 그럴 때는 책을 쓴 시간 전체가 효율성의 관점에서는 제로에 가까워지는 것이고, 수입 없는 몇 개월을 보낸 셈이 된다. 어느 달은 너무 바빠서 더 이상 어떠한 요청도 없길 바라다가, 어느 달은 너무 할 게 없어서 어떤 요청이든 들어오길 바라게 된다. 그런 반복을 겪다보면, 어떠한 상태든 안정을 간절히 바라게 되는 시점이 온다.

잠시 다녔던 대학원에서는 2년 남짓 정기적으로 출퇴근하는 조교 생활을 했는데, 무척 안정적인 기분을 느꼈다. 아마도 내 삶에서 가장 안정적인 마음으로 살았던 시간일 것이다. 그러나 그 외에는 항상 크고 작은 파도가 몰아치는 듯했고, 그런 나날들을 견디기 위해 참으로 많은 마음과 시간을 할애해야 했다. 그러면서 알게 된 것은, 내가 좋아하는 것은 요동치는 자유보다는 안정에 가깝다는 것이었다. 삶을 안정된 궤도 위에 올리는 것이 얼마나 어려운 일인지, 또 그것이 얼마나 귀한 일인지를 여러모로 느끼며 살아온 나날들이었다. 내 존재의 증명보다는, 나와 내가 책임져야 하는 가족이 보다 안정된 대지 위에서 고요히 살아갈 수 있는 그런 삶을 바라게 된다.

결과는 버텨낸 시간과 일치하지 않았다

　　수년 전, 작가로 산다는 것에 많은 한계를 느꼈다. 대학원
을 나온 뒤, 소속이라고는 아무것도 없는 허공에서 홀로 하루를
시작하고 홀로 마감하며, 요일의 구분도 없이 서울의 어느 구
석에서 하루하루를 버텨내는 일이, 참으로 쉽지 않았다. 그나마
나를 버티게 한 것이 있었다면, 지금의 아내가 된 여자친구와
글쓰기뿐이었다. 하지만 그것들이 나를 현재에 붙들어 매줄 수
는 있어도, 확정된 미래로부터 오는 안정감이랄 것은 그 어디
에서도 얻을 수 없었다.

　　현실을 잊듯이 글쓰기에 몰두할 수 있었고, 미래를 잊듯이
반짝거리는 저녁을 누릴 수는 있었다. 하지만 근본적으로 끈적
끈적하게 들러붙은 불안을 완전히 떨쳐낼 도리는 없었다. 이제
고백하자. 가장 위험한 건, 가장 곤란한 건 나처럼 어정쩡한 성
취를 거둔 부류의 사람들이다. 세간에 널리 알려질 만큼 베스트
셀러를 쓴 것도 아니고, 그렇다고 해서 완전히 무명이라 글쓰

기로 생활이 불가능할 정도도 아닌, 버틴다면 버텨볼 수도 있을 것 같고, 아니라면 서둘러 떠나야 할 것 같은, 그 경계에서 계속 고민할 수밖에 없는 그런 정도의 직업인이었던 나처럼 말이다.

종종 생활이 나름 풍족해질 정도의 운 좋은 제안들(선인세, 강연료, 출연료, 상금, 원고료 따위) 속에서 안심하다가도, 또 어느 시기면 마치 내가 세상에서 사라진 것처럼 거의 아무런 제안도, 연락도, 소득도 없이, 언제 끝날지 알 수 없는 어둠 속에 내버려 진 듯한 상황이 오곤 했다. 그런 어둠 속에서, 눈꺼풀이 벗겨질 것 같은 피로와 불안을 견디며, 손가락 끝을 물어뜯듯이 글을 쥐어짜내며 어느 겨울들을 보내곤 했다.

결과는 항상 버텨낸 시간과 일치하지 않았다. 어떤 책은 쓰는 데 한 달 혹은 보름 정도밖에 걸리지 않았다. 그런데 출간 보름 만에 증쇄를 찍고, 여러 기관의 추천도서로 선정되어 꽤 나 과분한 현실적인 이익을 얻은 경우도 있었다. 그러나 한 해 를 통째로 퍼부어, 내 살을 갉아먹고 내 피를 빨아먹듯 써낸 책 이 거의 반응이 없기도 했다. 어느 달에는 일일이 다 반응할 수 도 없을 만큼 강연과 출연 요청이 왔으나, 어느 반년 동안은 아 무런 연락이 없기도 했다. 내가 내린 결론은, 이렇게 살 수는 없 다는 것이었다.

너무나 극단적인 유동성, 굴곡. 그 속에서 파도를 타듯이, 서핑을 하듯이 유영하며 직업적인 삶을 살아내는 이들도 있을 것이다. 내가 보다 그런 기질에 가까웠다면, 조금 더 잘해낼 수 있었을지도 모른다. 나름대로 사업적인 감각도 가지고, 다양한 시도와 도전을 하면서, 그나마 가진 인지도나 네트워크를 더 잘 활용했을지도 모른다.

하지만 무엇보다도 나를 가장 결정적으로 흔들어놓았던 것은, 사랑하는 이를 지켜낼 수 없을지도 모른다는 불안감이었다. 혼자라면, 굳이 누구를 사랑하지 않는다면, 그저 북적거릴 때는 북적이며, 한가할 때는 한가하게, 적당히 생활을 유지해갔을지도 모른다. 그러나 사랑하는 이의 존재가 개입되면 그때부터는 둘의 삶이 되는 것이다. 막연한 자유로움으로 우리의 삶을 지켜낼 자신이 없었다.

이십 대를 통과하며 수도 없이 마주했던 어둠, 바닥, 고립된 풍경, 사랑 이후에 오는 구덩이들. 나는 그런 곳을 계속 드나들 자신이 없었다. 이제 모두가 떠나버린 학교 앞에는, 여전히나 혼자만의 자취방이 남아 있었다. 진리 탐구, 이 사회에서 중요하다 믿었던 어느 지점들, 담론들, 이슈들, 그리고 인생의 진실에 대한 문제 같은 것들은 내가 빠져들 그 구멍 앞에서 이제 얼마든지 다른 사람에게 미룰 수 있을 것 같았다. 그런 건 내가 아니어도 나보다 더 현명하고 용기 있고 성실하게 해낼 이들이 얼마든지 있을 거라고 생각했다.

종종 홀로 샤워를 할 때나 아내와 아이가 잠들고 난 밤이면 그 시절이 생각난다. 그렇게 글만 쓰던 날들이 그리우면서도, 그 지나칠 정도의 아슬아슬함이 떠오르면 그 모든 것이 신기루처럼 느껴지곤 한다. 내가 발 딛고 있던 기반이랄 것은 도대체 무엇이었을까. 아마도 그것은 매일 밤을 조금은 부드럽게 만들어주고, 다가오는 주말을 함께하리라 말하며 하루를 버티게 해주었던 당신의 존재가 아니었을까.

그런데 바로 그 당신으로 인해, 그 사랑하는 존재가 내게 있다는 사실로 인해 불안이 더 커졌다는 것은 역시 묘한 아이러니가 아닐 수 없다. 그 사랑을 잃는 것에 대한 두려움, 다시 혼자 남겨지는 것에 대한 두려움, 그런 것들이 나를 끄집어 올렸다. 이제 그만하라고. 낯선 도시의 이방인으로 부유하며 견디는 일 따위는 이제 관두라고. 현실을 등지고 글만 쓰는 일은 충분히 했다고.

그런데도 어느 고요한 오후면, 그토록 아쉬운 마음이 폐부를 찌르듯 내 안의 어딘가를 파고든다. 그것은 삶의 방식을 선택해야 하는 모든 사람에게 찾아오는 순간일 것이다. 우리는 늘 어떤 삶을 택하면서 어느 삶을 버린다. 그리고 지나간 삶의 흔적들을 만나곤 한다. 나는 여전히 글을 쓰지만, 동시에 달라진 삶을 살고 있기도 하다. 그리고 그럴 때면, 결국 또 어떠한 글을 써내는 것이다.

미워하는 마음을 마주하기

계속하여 글을 쓰게 하는 힘은 주로 부정적인 감정에 뿌리 내리고 있는 것 같다. 불안, 답답함, 초조함, 슬픔 같은 것들이 끊임없이 글을 쓰게 만든다. 그것들을 해소할 다른 방법들이 있겠지만 나로서는 글을 쓰는 것이 가장 간편한 방법으로 느껴진다. 운동을 하거나, 노래방에 가거나, 영화를 두어 시간 틀어두거나, 술을 마시는 것보다, 글쓰기는 훨씬 간단하다. 그저 키보드 하나만 있으면 되고, 몇십 분만 투자하면 된다.

나의 글 중 상당수는 내 안의 부정적인 감정을 걸러내기 위해 쓴 것들이다. 물론 그냥 글을 읽어서는 그것을 눈치채기 쉽지 않고, 나도 시간이 지나면 그 글을 어떤 내심의 맥락에서 썼는지 잊어버린다. 그런데 많은 글이 누군가를 비난하고 싶은 마음, 쓸데없이 무언가를 미워하는 마음, 비합리적인 불안이나 걱정 같은 데서 비롯된다. 다만 직접적으로 그 사실들에 관해 쓰지 않을 뿐이다. 왜냐하면 실제로는 내가 어느 순간 미워하고 나는 거의 매일 싸우고 있다.
그리고 거의 매일
조금씩 이겨내고 있다.
내가 써낸 글들은 아마도
그런 전쟁의 상흔, 혹은 기념비 같은
것들일지도 모른다.

있는 그 무엇에 잘못이 없다는 걸 알기 때문이다. 대신 그 무엇을 '미워하는 마음'에 대해 글을 쓰면, 오히려 그 마음은 해소되어버리고, 그것을 미워했다는 사실조차 잊어버리게 된다.

이것은 실제로 대단히 유용한 방법이어서, 내가 살아가면서 누군가를 뒤에서 욕하거나, 누군가에 대한 험담을 재미 삼아 늘어놓거나, 순간적으로 뒷담화에 끼어드는 일을 많이 줄여준다. 보통 사람에게는 부정적인 감정이 있고, 그런 마음을 가까운 사람에게 별다른 생각 없이 풀어놓기 마련이다. 그런 마음을 글쓰기를 통해 승화시키기 때문인지 나는 누군가에게 그런 식의 이야기를 할 필요가 없어지는 것 같다.

달리 말하면, 나는 늘 어느 정도 나를 미워하며 살아왔다. 내 안에 있는 생각, 걱정, 감정들을 때로는 너무 견딜 수 없어서 어떤 식으로든 풀어내지 않으면 안 되었다. 마찬가지로 그 누군가를 비난하거나 그에게 잘못을 돌리고 싶은 마음, 그 무언가를 공격하거나 없애버리고 싶은 생각들에 자주 시달렸다. 그러면서도 그것들을 그저 표출하기보다는 해소해야 한다고 믿었고, 나름대로 그 방법을 잘 익혀온 것이다.

언젠가 글쓰기는 '적대'에서 시작한다는 말을 들은 적이 있다. 그 말이 오랫동안 내 안에 남았다. 그 적대란, 꼭 실제의 그 누군가를 비판하거나 비난하는 태도라기보다는, 내 안의 부정적인 것들과 매일 싸워나가는 과정이 아닐까? 나는 늘 그 무언가와 싸우기 위해 글을 쓴다. 내 안에 있는 그것들과 싸워 이기고자 애쓰는 그 모든 과정이 글쓰기다. 나는 거의 매일 싸우고 있다. 그리고 거의 매일 조금씩 이겨내고 있다. 내가 써낸 글들은 아마도 그런 전쟁의 상흔, 혹은 기념비 같은 것들일지도 모른다.

개인성을 옹호하며

처음 책을 쓰기로 마음먹었던 데는 개인주의적인 것에 대한 집요한 추구가 있었다. 처음 몇 년간 책을 쓸 때, 나는 지나칠 정도로 집단주의를 비판하고 개인주의를 옹호하는 데 몰두했다. 지금이야 집단주의 비판과 개인주의 지향이 지극히 당연한 경향처럼 되었지만, 당시만 해도 그렇지 않았다. 오히려 많은 주류 지식인이나 작가들이 여전히 운동권의 사고방식 아래 '집단적인 무엇'을 놓지 못하고 있었고, '개인주의적인 무엇'은 대체로 비판이나 비하의 대상에 가까웠다.

대학에 입학하고 나서 본 풍경도 다르지 않았다. 내가 대학에 입학한 때는 무려 21세기였지만, 사회와 학교를 막론하고 집단주의가 당연하고 원칙이며 상식인 시대인 건 여전했다. 처음에 나는 그러한 세상에 대한 대응으로, 일종의 '성향적인 차이'에 주목했다. 남들과 나는 성향이 다르다, 나는 개인주의라는 드문 성향의 소유자이고, 아웃사이더적인 인간이라 이해했다.

그러나 시간이 흐르면서는 단순히 드문 성향과 흔한 성향의 차이라기보다는, 그것을 일종의 사회적인 문제로 치환할 필요성을 느꼈다. 그러니까 단순히 개인적인 성향의 차이가 아니라, 나를 둘러싼 사회문화 자체에서 어떤 문제를 보는 일로 나아갔던 것이다. 말하자면 나는 나의 소수 성향이라 믿었던 것을 더 보편적으로 주장할 필요성을 느꼈다. 이 사회의 고질적인 문제들을 해결하려면 오히려 소수라 믿었던 것이 보편이 되어야 한다고 생각하게 되었다.

그렇게 첫 책 《청춘인문학》에서부터 《분노사회》 등에 이르기까지, 거의 일관된 주장을 끊임없이 이어갔다. 집단주의의 문제를 집요하게 파고들고 추적하고 드러내면서, 이 사회에 균열을 일으키고자 했다. 당연하게 받아들여지는 것들이 당연해서는 안 된다고, 어떤 글에서든 어떤 자리에서든 그렇게 늘 이야기해왔다. 그럴 때면 내가 이 세상을 아주 조금이나마 더 낫게 만드는 데 기여했다는 마음이 들곤 했다. 적어도 내가 쓴 시간이 헛되지 않았다는 믿음을 가질 수 있었다.

요즘 세상은 더 이상 그런 말을 집요하게 할 필요도 없을 정도로 내가 소수라고 느끼던 것들이 보편이 되었다. 어떤 한 명의 선구자가 나서서 그렇게 만든 것은 아닐 테고, 아마 세상의 수많은 계기들이 세상을 더 나은 방향으로 이끄는 것이리라 믿는다. 이제 나는 예전의 책에서 했던 그런 주장을 목에 핏대

세우며 할 필요성을 느끼지 못한다. 그런데 그때는 정말 비장한 각오로 그런 이야기를 하곤 했다. 나름대로 치열함을 가지고 글을 써 내려가곤 했다. 세상이 그렇지 않았으니 말이다.

앞으로 어떤 이야기에 그렇게 열을 올려서, 치열하게, 몰두하여 쏟아내야 할지 고민하곤 한다. 비교적 근래에는 이 시대 청년들의 상황과 상대적 박탈감에 대해 많은 이야기를 하고자 애를 썼다. 세상에서 당연시되는 과시적인 문화, 부동산 문제 등이 얽혀 있는 세대적이고 계층적인 격차야말로 가장 맞서 싸워야 하는 세상의 모습이라 생각했다. 그렇게 이 시절, 내가 싸워야만 하는 또 다른 것들을 찾고 있다.

그렇게 보면, 한 사회에 속해서 글을 써나가는 일이란 사회와 함께 변해가는 일이 아닐까 싶다. 그런데 이때의 변화란 사회에 적응한다는 뜻은 아닐 것이다. 그보다는 오히려 변해가는 세상에서 또다시 맞서 싸울 지점들을 계속 새로이 찾아 나서는 일에 가까울 것이다.

프로가 지겨움을 이겨낸다면

프로가 콘텐츠를 만들어내는 능력이란 질리지 않음에 있고, 사람들이 콘텐츠에서 원하는 건 끝없는 열정인 듯하다. 프로들이 계속하여 콘텐츠를 만들어내는 걸 보면, 그 '질리지 않음'에 놀라게 된다. 예를 들어, e-스포츠인 스타크래프트 중계를 보면 해설자들은 벌써 10년 넘게 해설을 하고 있는데, 게임마다 흥분하며 게임 속 진행을 따라가고 주도한다. 매 게임을 새롭게 대하는 그들의 자세가 놀라울 정도다.

오래 이어지는 예능만 보더라도, 종종 연예인들에게서 지치거나 질린 기색이 보인다. 그런 와중에도 또 웃고, 재미있는 말이나 행동을 생각해내고, 연기하고, 몰입한다. 매회를 마치 정말로 새로운 것처럼 대하는 그들의 열정이 놀랍다. 시청자들은 어떤 콘텐츠에 질렸다가도 오랜만에 다시 그 콘텐츠에 돌아왔을 때, 여전히 처음 같은 열정으로 화면 속에 있는 그들을 보면서 어떤 안도감이나 편안함을 느낀다.

프로가 지겨움을 이겨낸다면, 아마추어는 지겨움에 쉽게 굴복한다. 당장 반응이 없거나, 줄어들거나, 시시해진다고 느끼면 그 자리에서 금방 관둬버린다. 그러나 프로는 누가 무어라 하든, 반응이 예전 같지 않든, 스스로도 즐거움을 덜 느끼든, 마음속에 있는 무언가를 끌어내어 그 순간 온전히 몰입한다. 기분이 나쁘든, 호르몬이 요동치든, 생각만큼 결과가 좋지 않든, 그들은 그저 아침에 일어나 할 일을 한다. 지겨움이라는 이름의 악마가 있다면, 프로는 그 악마와 싸워 이기는 용사다.

결국 버티는 사람이 이기고, 살아남고, 성공한다는 것은 그런 점에서 보면 어느 정도 진실이 아닐까. 물론 모두가 일등이 될 수는 없겠지만, 적어도 지겨움을 이겨낸 매일의 힘이 쌓이고 쌓여 만들어낸 삶은, 그 삶 자체가 자신에게 돌아와 힘을 주지 않나 싶다. 그런 힘은 타인들도 느끼게 되고 그 힘을 받게 되고, 그래서 그런 힘으로 만들어진 것들이 결국에는 꾸준히 사랑받게 된다는 생각이 든다.

삶이나 세상에 필요한 게 있다면 그것은 어떤 '힘'일 것이다. 그 힘은 타인들한테서도 받을 수 있지만, 결국에는 자기 안에서 장애물들을 계속 극복하며 얻어낸 것이 가장 온전한 자기 삶의 힘이 되지 않을까 싶다. 사람마다 꾸준히 할 수 있는 건 다를 것이다. 그게 꼭 콘텐츠라 불릴 만한 것이 아니더라도, 지리멸렬함과 싸우며 얻어낸 삶의 어떤 보물들이 저마다의 삶에 주어질 수 있다. 그런 힘을 알고 신뢰하게 되어간다는 것이 삶의 즐거움이라면 즐거움이다. 어쩌면 삶의 진실한 의미이거나 가치일지도 모르고 말이다.

낡아빠진 언어들

결국 오래된 관계는 사랑은 사라지고, 정만 남는다.
결혼을 하면 안정을 얻고, 자아를 잃는다.
연애는 낭만이지만, 결혼은 현실이다.

나는 세간을 떠도는 이런 낡아빠진 언어들이야말로 우리
사회의 진정한 적폐일지도 모른다고 생각한다. 생각보다 우리
는 무척 유약한 존재여서, 한 번 규정해버린 언어에서 좀처럼
빠져나오지 못한다. 오래된 속담, 세간을 떠도는 말 중에는 주워
듣고, 마음속에 새기고, 되풀이할수록 삶을 망가뜨리고 훼손하
는 언어들이 분명히 있다. 그런 언어를 걸러낼 수만 있다면, 삶
은 보다 있는 그대로의 모습으로 우리에게 다가온다. 그리는 그
대로의 감각을 주고, 그 속에서 분열 없이 안착할 수 있게 한다.
처음 썼던 책《청춘인문학》에서도, 나는 가장 먼저 청춘들
의 언어를 분석하고자 했다. 당시 유행하던 '잉여', '루저', '엄친

생각보다 우리는 무척 유약한 존재여서,
한 번 규정해버린 언어에서
좀처럼 빠져나오지 못한다.

오래된 속담,
세간을 떠도는 말 중에는
주워듣고,
마음속에 새기고,
되풀이할수록
삶을 망가뜨리고
훼손하는 언어들이
분명히 있다.

아' 따위에 대해 먼저 이야기하고, 특히 '삶'과 '현실'이라는 언어를 복원하고자 했다. 그중에서도 '삶'이라는 개념을 복원하고 붙들어 매는 것은 내게 가장 중요한 일처럼 느껴졌고, 이후《삶으로부터의 혁명》까지 그러한 작업을 이어갔다. ('청춘은 꿈과 열정의 시기다', '청춘은 저항과 반항을 해야 한다' 이런 말들도 집요하게 비판했다.)

그 이후에 다시《분노사회》에서 언어의 문제를 다루고자 했다. 온갖 의미로 혼용되는 '분노'라는 단어에 대해 해명하고, 특히 '증오'와 명확히 구분 짓는 게 최우선 과제라 생각했다. 그리고 내 체감이 맞는다면, 이후 몇 년간 분노와 증오, 나아가 혐오는 꽤 명확히 구분되며 담론장에서 쓰이기 시작했고, 유의미한 논의들이 많이 생산되었다.

《사람은 왜 서로 도울까》도 다르지 않았다. 이 책에서는 무엇보다 이기주의 환원론('결국 이타적 행위도 모두 자기 자신을 위한 것이다')이나 순수한 이타주의의 단순하고 맹목적인 언어를 파헤치고자 했다.《당신의 여행에게 묻습니다》에서는 '남는 것은 사진뿐', '여행은 최고의 자기계발' 따위의 말로 정리되는 우리 시대의 여행에 대해 제대로 해명해보고자 했다.

요즘 나는 '사랑'이라는 문제에서 역시 언어의 절대적인 중요성을 느낀다. 사랑이야말로 언어의 영향력이 절대적이어서, 한 번 잘못된 생각, 잘못된 언어에 사로잡히면 그로부터 벗어나기가 쉽지 않다. 그 잘못된 언어는 온통 우리를 사로잡아서 우리의 관계, 감정, 인생을 뒤흔들어버린다. 그 적폐 어린 언어들을 박살내는 것, 그것은 내 앞으로의 인생에서 가장 중요하고도 실질적인 과제처럼 느껴진다. 실제로 내가 사랑의 관계를 유지하며 사랑의 삶을 살기 위해서는 말이다.

나는 특히 아이를 키우면서, 타인들이 미리 '아이 키우는 일'에 대해 규정해놓은 말들을 가능하면 듣지 않으려 한다('헌신적이고 숭고한 사랑'이라든지). 그런 말들은 너무 손쉽고 단순하고 낡아서, 내게 도래한 이 새로운 삶을, 이 새로운 관계를 설명하는 일에 주로 방해만 되기 때문이다. 결혼도 육아도 내가 있는 여기에서 처음 시작되는 것이지, 그 이전의 언어들은 이곳에 침범할 수 없다. 나의 언어로 어떻게 이 생활을, 이 삶을 살아낼 것인가. 지금은 삶에서 그것보다 중요한 화두를 생각할 수 없다.

창작자들은 창작만 하지 않는다

아카데미상 수상을 위하여 배우 송강호는 반년간 쌍코피를 흘리며 영화 관계자들을 만나러 다니고, 봉준호 감독은 500번이 넘는 인터뷰를 했다고 한다. 그 과정이 마치 '봉고차를 타고 미사리를 다니는 유랑극단' 같았다고도 말한다. 정확한 비용은 알려지지 않았지만, CJ그룹에서 투자한 홍보비용만도 100억이 넘을 거라는 추측이 일반적인 듯하다. 사실 영화 〈기생충〉의 작품성이 뛰어난 것도 있겠지만, 창작자와 그 후원자의 이러한 투자 없이 세계적인 상을 받는다는 건 아마 불가능할 것이다.

많은 경우, 화려한 성공은 그 자체의 빛이 너무 강렬해 그 뒤에 들어간 무수한 종류의 잡다한 노력은 좀처럼 조명받지 못한다. 창작자들은 고고하게 그림만 그리고, 글만 쓰고, 작품만 훌륭하게 만들면 될 것 같지만, 또 그게 '진정한 창작자'의 모습처럼 오인되기도 하지만, 대개 널리 명성을 얻는 창작자들은 결코 창작만 하지는 않는다. 문단에서 저명한 상을 받기까지에도 인맥 관리가 필요하고, 이런저런 행사에 부지런히 발로 뛰는 일도 필요하다. 국가대표 선수가 되기 위해서도 운동만 잘하면 되는 게 아니라 선후배, 코치, 감독 등과의 관계도 좋아야 하고, 때로는 로비 같은 것도 필요하다. 연예계는 두말할 것도 없다.

출판도 다르지 않다. 대개 저명한 베스트셀러는 글 잘 쓰는 작가들이 혼자 방에서 만들어내기보다는, 그런 작가와 출판사의 부지런한 움직임들이 만들어낸다. 출판사는 4대 온라인 서점에 몇 달간 광고를 내보내고, 북튜버들을 섭외하고, 카드뉴스를 만들고, 서평단 이벤트를 열고, 큰 서점들에는 영업자를 보내어 홍보용 매대를 구매한다. 작가들 중에는 아예 한두 달은 '책 홍보' 기간으로 잡고, 매주 북토크나 사인회를 몇 개씩 다니고, 팟캐스트와 유튜브를 하고, SNS로 홍보를 하면서 야금야금 책을 판매궤도에 올려놓는 경우도 많다. 이런 식의 과정은 거의 모든 영역이 비슷하지 않을까 싶다.

사실 고고하고 엄숙하게 보이는 것들은 대부분 가장된 것들이다. 가장 고고하게 학문에만 열중할 것 같은 교수들이야말로 학회활동 등을 통해 인맥을 부지런히 관리하지 않으면 논문을 실을 학회지 하나 없게 된다. 늘 글만 쓰면서 인생을 성찰할 것 같은 작가도 문단에서 선배, 후배 하며 서로 술 따르고, 명절에 선물 보내면서 인맥을 쌓는다. 항상 우아하게 웃는 모습만 보여주던 연예인들도, 뒤에서는 더 나은 프로그램에서 더 주목받는 역할을 얻기 위해 아부를 하고, 매니저나 소속사가 나서서 발로 뛰어다니며 물밑작업을 한다.

청년 시절에야 그런 세상의 일을 잘 모르기도 했고, 그래서 오직 나의 진실만을 찾아나가고, 나의 실력만이 전부라 믿었다. 물론 그런 믿음으로 헤쳐온 어느 시간은 내게 둘도 없는 것들을 쌓게 해주었지만, 살아갈수록 그런 부분은 전체 중 일부에 불과함을 알게 된다. 사실 이러한 부분들은 많은 경우 권력과 자본의 문제로 귀결되어 여러 부작용을 낳기도 한다. 그렇다고 그런 일들이 반드시 나쁘다는 건 아니다. 그저 어떤 환상은 늘 깨어지기 마련이고, 그다음에 알게 되는 현실은 받아들일 것인가 말 것인가의 문제로 존재하곤 할 뿐이다.

살아가는 일에는 다양한 기술이 필요하다. 그런 삶의 측면들을 알아갈수록, 겉으로 보이는 고고함이나 엄숙함, 우아함이 삶의 본질이라기보다는, 그 아래에서 부지런히 움직이는, 이를테면 우아한 백조의 겉모습보다도 수면 아래에서 발버둥치는 물갈퀴가 더 본질에 가깝다고 느낀다. 삶이란 근사하게 유지하는 것이라기보다는 부지런히 살아가는 것이다. 그리고 어쩌면 그것이 더 아름답다. 땀 냄새 나는 그런 삶이 더 인간답고 멋진 것일지도 모른다.

좋은 삶을 살려는 의지

글쓰기에 관해 오래전부터 믿었던 것 중 하나는, 좋은 글을 쓰기 위해서는 좋은 삶을 살아야 한다는 것이었다. 조금 달리 말하면, 글을 잘 쓰기 위해서는 그런 글에 어울리는 삶의 경험이 필요하다고 생각했다. 많은 사람을 만나보고, 다채로운 곳을 여행하고, 여러 종류의 일들을 경험하고, 다양한 분야의 공부를 해야 그만큼 그런 것들이 글쓰기에 반영되리라 믿었다. 그런 남다른 재료들 없이는 아무래도 특별하고 고유한 글을 써낼 수 없으리라 생각했다. 아마 그런 생각은 크게 틀리진 않았을 것이다.

그러나 요즘에는 조금 다르게도 생각하게 된다. 물론 여전히 좋은 글쓰기를 위해서는 좋은 삶을 살아야 한다고 믿는다. 혹은 좋은 삶을 살기 위한 좋은 글쓰기가 있다고 믿기도 한다. 하지만 '좋은 삶'에 대해서는 여러모로 달리 생각하게 되었다. 한때는 막연하게 살아야 하는 삶이 있다고 믿었다. 혈혈단신으로 워킹홀리데이를 떠난다든지, 다양한 종류의 연애를 해본다든지, 험한 일에서부터 우아한 일까지 고루 경험해본다든지 하는, '외적으로 다양한' 삶을 살아야 한다고 생각했다. 그러나 적어도 글쓰기에 관한 한, 그런 '외적 다양성' 자체는 그리 중요한 게 아니라는 생각을 하게 되었다.

나는 일반적인 기준에서 그렇게 특별하거나 특이한 삶을 산다고 볼 수는 없다. 트럭 타고 세계 일주를 해본 것도 아니고, 특이한 취미를 가진 것도 아니며, 독특한 생활양식을 채택한 것도 아니다. 그저 평범하게 살아가고 있다. 아니, 어쩌면 보통의 경우보다 더 힘들게 살고 있는지도 모른다. 내 일상 자체에는 정말이지 여유랄 게 없어서, 누군가 내 하루하루를 자세히 들여다본다면 노예 생활이 따로 없다고 할지도 모른다(요즘 나는 잠도 많이 줄였고, 영화 한 편 느긋하게 볼 마음의 여유도 지니지 못하고 있다). 하지만 그런 '외적인 왜소함'은 글을 쓰는 데 아무런 지장이 되지 않는다.

오히려 작은 일상 하나, 작은 순간 하나, 작은 생각의 실마리 하나에서 쓸 이야기들은 넘쳐난다. 아이의 미소, 아내와 나선 잠깐의 나들이, 어머니와 나눈 이야기 한 토막, 아버지의 표정, 친구가 지나가듯이 건넨 말 한마디가 모두 글 한 편의 소재가 된다. 오히려 일상이 힘겨울수록, 그 사이를 비집고 터져 나오고자 하는 정신의 열망 같은 것이 있다. 내게는 무언가 말하고 싶어 하는 마음, 억눌려 있는 마음이 있고, 그 마음을 위해 잠깐의 시간과 키보드만 마련되면 한 편의 글을 쓸 수 있다. 그렇게 나오는 글들이 지금보다 더 자유로웠고, 더 역동적이었고, 더 다양한 곳을 오가며 살았던 시절의 글보다 못하다고 볼 수는 없다. 오히려 내가 쓰는 글들은 매일 더 나아지고 있다고 믿는다.

어쩌면 내게는 핑곗거리가 필요했던 날도 많았던 것 같다. 글이 잘 써지지 않는 이유, 쉽사리 좋은 글로 나아가지 못하는 데 대한 변명거리가 필요하기도 했을 것이다. 그러면 더 살아봐야 해, 더 다양하고 더 많은 것을 경험해봐야 해, 하고 스스로를 다독이곤 했다. 그러나 내게 필요한 건 단지 내가 놓여 있는 삶에 대한, 지금 이곳에 대한 온전한 충실함이었을지도 모르겠다. 그러지 못한 채 계속 삶을 미루고, 유예하고, 겁을 먹은 채 기다리기만 하던 탓에 오히려 글쓰기가 나아가지 못하고 지체되던 날들도 있었으리라.

다시, 나는 좋은 글쓰기를 위해서는 좋은 삶을 살아야 한다고 믿는다. 그러나 그 삶은 내가 놓인 이곳을 온전히 받아들이고 견뎌내며, 이 하루하루를 잘 살아내고자 하는 의지와 관련되어 있다고 느낀다. 이 삶이 엉망이 된다면 좋은 글쓰기도 없다. 곁에 있는 사람의 표정, 기분, 말 한마디도 챙길 줄 알고 조율하려 할 때, 삶과 글쓰기가 어우러지리라 믿는다. 물론 나 자신의 마음이라든지, 감정이라든지 하는 것도 잘 알고 잘 챙기면서 말이다. 그러면 굳이 대단한 여행이 아니더라도, 집 앞 산책만으로도 글쓰기를 위한 저장 탱크는 가득 찬다. 새로운 사람에 대한 인상이 아니라 곁에 있는 사람의 말 한마디에도 풀어내야 할 것이 가득하다. 그렇게 좋은 삶을 살고 싶은 마음을 쌓아간다.

내 글에 더 이상 나은 것이 없다면

글쓰기에는 정년퇴직이 없다. 작가들 대부분은 죽기 전까지 글을 쓴다. 젊은 시절 글쓰기로 어느 정도 이름을 날렸다 싶은 작가들은 오십 대, 육십 대가 되어도 여전히 현역 작가로 있다. 보통 오랜 세월 글을 쓴 작가들은 지면이나 진영을 바꾸어가면서 꾸준히 자기 자리를 찾아다닌다. 한 번 얻은 명성은 쉽사리 사라지지 않고, 한 번 얻은 독자는 작가와 오랜 세월 함께 나아가기도 한다. 그런 점에서 작가 개인에게 글쓰기란 평생 꾸준히 하기에 꽤 좋은 일이지만, 달리 보면 그만큼 신입사원, 즉 새로운 청년 작가가 유입되는 구멍은 점점 좁아진다는 뜻도 된다.

지금 한창 활동하는 오륙십 대의 지식인, 교수, 작가, 평론가는 대부분 삼십 대 때부터 '글'이나 '지식'으로 활동하던 사람들이다. 이미 전 사회의 가장 주류였던 586세대의 원래 명칭은 30대 나이, 80년대 학번, 60년대 출생이라는 뜻의 '386세대'였고, 1990년대, 그들이 삼십 대였을 때는 그야말로 전 언론사의

지면에 한 자리씩 차지하고 끗발 휘날리며 펜촉으로 세상을 주름잡던 시대였다. 이미 유명한 이야기지만, 유시민이나 이어령이 글쓰기로 세상을 뒤흔들며 이름을 알린 것도 그들의 이삼십 대 시절이다. 그렇게 그들은 그 시절 '글쓰기 세계'에 신입사원으로 당당히 입사했고, 아직 여유가 있던 때에 한 자리씩 차지하며 정년퇴직 없는 작가의 길을 시작했다.

그런데 요즘 사회에 대해 비판적인 섬세함을 유지하면서, 아직 현실이랄 것에 덜 찌들고, 그래서 그만큼 순수한 통찰력을 가지고 한마디씩 해내는 청년 작가들을 찾아보기란 정말 어려워졌다. 담론장이라는 것이 존재한다면, 거기에서 목소리에 힘주고 세상과 맞서 싸우는 청년 작가가 누가 있나 싶다. 그나마 청년들이 글 쓰는 공간이란 인터넷 커뮤니티나 익명 게시판, 대나무숲 같은 곳들로 전락했고, 그 속에서 들끓는 그들 나름의 치열함은, 더 넓은 세상에서는 온전한 자리 한 칸도 얻지 못한 채 사그라드는 절규나 푸념으로만 머물게 되었다는 생각도 든다.

나만 하더라도 이 시대에 대한 온전한 감각을 얻기 위해 기성세대가 쓰는 언론이나 잡지 지면, 칼럼보다는, 청년들이 서로 나름의 이야기를 치열하게 나누는 온라인 커뮤니티나 SNS 등을 돌아다녀본다. 그 속에는 확실히 날것에 가까운 통찰들이 있고, 실제로 나의 감각을 일깨워주고 생각에 허를 찌르는 이야기들이 많이 오간다. 그런데 세상은 사실 그들의 목소리에 큰 관심이 없고, 이미 정년퇴직 없는 지식인들로 가득 차서 새로운 목소리가 더 들어올 공간도 없다. 종종 신문 지면에 '2030' 코너 혹은 '청년의 시선' 같은 코너가 마련되지만, 어디까지나 구석 어딘가에 허전함을 달래려 만들어놓은 선심 쓰는 공간일 뿐, 새로운 세대가 이 세상에 정식으로 자리 잡을 여지는 점점 줄어들고 있다.

언젠가 청년 기자들과 인터뷰를 하면서, '치기 어린 청년' 취급받지 않으려고 나이와 이름을 꼭꼭 숨긴 채 책을 출간하고 글을 쓰던 시절이 생각났다. 《청춘인문학》, 《분노사회》 그리고 그 시절 기고하던 글들, 무언가 세상을 향해 온당한 목소리를 인정받고, 나름대로 작가로 자리 잡고자 비집고 들어가던 나날들이 생각났다. 작가 중에서는 아직도 내가 젊은 편에 속한다. 그렇다고 해서 내가 딱히 존재감이 큰 작가인 것은 아니다. 더군다나 나는 세상과 맞서 싸울 만큼 영민하고 패기 넘치는 인간도 아니다. 세상의 최전선에 있어야 할 청년 작가들의 씨가 말랐다는 생각마저 든다. 기자는 내게 '청년세대를 대변하는 작가의 입장'에 대해 물었다. 나는 "글 쓰는 일이라는 게 정년이 없다보니 청년이 비집고 들어올 수가 없고, 나는 이제 청년도 아닌데 청년 작가 소리를 듣고 있다"고 대답했다. 기껏해야 내가 해내는 일은 너무 간극이 벌어진 청년세대와 기성세대 사이의 통역사 정도가 아닐까, 라고 이야기했다.

나도 정년퇴직 없이 죽을 때까지 글을 쓰고 싶다. 그런데 내가 차지한 자리가 너무 비대해져서, 그것이 나보다 더 나은 감각을 지니고 있고, 세상에 새로움을 불어넣어주고, 그리하여 세상을 더 나은 것으로 바꿔줄 만한 새로운 피의 수혈을 틀어막고 있다고 느껴진다면, 어느 한적한 시골에서 동화나 쓰고 옛 추억 이야기나 늘어놓으며 이따금 에세이집 한 권씩 내는, 그런 작가로 저물어가고 싶다. 아직 먼 이야기겠지만 내가 그걸 모르지 않았으면 싶다. 나의 존재가 더 나은 것을 틀어막게 될 때를, 알았으면 싶다.

우리는 글쓰기를 너무 심각하게 생각한다

몇 년간 글쓰기 강의나 수업을 진행하면서 자주 받았던 질문이 있다. 이렇게 글을 써도 되나요, 제가 쓰는 건 에세이나 칼럼이 맞을까요, 제가 이런 글을 쓴다고 누가 비웃지 않을까요, 같은 질문들이다. 이런 질문들은 언뜻 달라 보이지만 핵심은 비슷하다. 그것은 '두려움'이다. 내가 글을 써도 누군가 읽어주긴 할까, 누군가 비난하진 않을까, 누군가 이상하게 생각하지는 않을까 하는 두려움이 그 속에 깔려 있다. 달리 말하면, 많은 사람이 글쓰기를 너무 '심각하게' 생각한다.

그 이유는 여러 가지가 있겠지만, 그중 하나는 우리나라에서 '글쓰기'란 늘 평가의 대상이라는 점일 것이다. 어릴 때부터 글쓰기는 학교 숙제였다. 글을 써 가면 점수가 매겨지고 등수가 정해졌다. 대학교에서도 내가 써 간 글이 A+를 받거나 D-를 받았다. 취업을 할 때도 좋은 자기소개서와 그렇지 않은 글이 나뉘어 서류 심사를 받았다. 취업을 한 이후에도 보고서를 다시 쓰라고 집어던지는 상사나 잘 썼다고 칭찬해주는 대표의 평가를 들어왔다. 그러다보니 글쓰기라고 하면 일단 두려움이 드는 경우가 적지 않은 것이다.

그러나 생각해보면 지금처럼 수많은 사람이 글을 쓰며 사는 시대도 없었다. 2020년대 대한민국은 그야말로 거의 모든 사람이 글을 쓰며 사는 시대이기도 하다. 당장 의사소통부터 '문자' 메시지로 하고, 이메일을 쓰거나 SNS에 무언가를 올릴 때도 '텍스트'가 필요하다. 출판업계는 죽을 쑤고 있다곤 하지만 글쓰기는 무척 일상화되어 있고, 또 수많은 사람이 남몰래 글쓰기를 열망하고 있기도 하다. 우리는 글쓰기라는 것이 이미 일상 깊이 들어왔고, 생각보다 '덜 심각한' 것이라는 사실을 받아들일 필요가 있다.

사실 글쓰기는 '언어적 행위'라는 점에서 우리가 흔히 사람들과 수다를 떨고 대화를 하는 일과도 크게 다르지 않다. 누구나 자기 말을 들어줄 사람이 필요하다. 사람은 자신의 상처나 고통, 혹은 자신이 사랑하는 것, 가치 있다고 여기는 것, 오늘 하루의 소중함이나 미래 계획의 중요함에 대해 스스로 말하면서 정리하고 자아를 형성한다. 정신분석학자 라캉을 비롯한 여러 철학자나 심리학자들은 '언어 행위'야말로 인간 정체성을 구성하는 핵심적인 측면으로 보기도 한다.

말하기든 글쓰기든 '언어 행위'는 우리가 한평생 살아가며 자아와 인격을 형성해나가는 데 필수적이다. 그렇게 보면, 우리가 일상의 글쓰기를 실천한다는 것은 나를 보다 주체적으로 만들어가는 일이다. 내가 무엇을 좋아하고 싫어하는지, 어떻게 살고 싶은지, 어떤 가치를 지향하는지를 그에 관해 말하고 쓰면서 점점 더 알게 되고 확신하게 된다. 그렇기에 글쓰기란, 내 삶을 보다 '나의 삶'으로 살게 해주는 든든한 우군이 될 수 있다.

아이러니하게도 글쓰기를 심각하게 생각하지 않고 일상의 일로 받아들인다면, 우리 삶에서 참으로 중요하거나 '심각한 문제'인 자아 정체성, 삶의 가치, 인생의 방향 같은 것을 보다 확고하게 다져갈 수 있다. 작사·작곡을 너무 심각하게 생각한다면, 우리는 평생 우리의 노래를 갖지 못할 것이다. 그러나 작사·작곡도 조금 가벼이 여길 수 있다면, 누구나 자기 노래 한 곡쯤은 지어 부를 수 있고, 그것이 삶의 중요한 기쁨이 될지도 모른다. 글쓰기 또한 다르지 않다.

나는 많은 사람이 글쓰기의 매력 또는 중요성을 알기를 바라왔다. 오늘 받은 상처를 우리는 그냥 묻어둘 수도 있겠지만, 글을 써서 다시 한번 나의 상처를 들여다보고 마음을 다독일 수 있다. 지난 주말의 소중함을 그저 흘려보낼 수도 있겠지만, 다시 한번 떠올려보며 글로 옮기면서 그 기억을 더 깊이 간직할 수 있다. 하고 싶은 일을 망상처럼 지나 보낼 수도 있겠지만, 구체적으로 써보면서 더 명료하게 꿈꿀 수 있다. 나아가 그렇게 쓰는 글들이 작게나마 누군가의 공감을 얻으면서 타인과 깊이 연결되는 경험을 얻을 수도 있다. 사실 글쓰기는 내 안에서 일어나지만, 동시에 이 드넓은 세상, 그리고 타인들과 연결되는 일이기도 하다. 그 모든 건, 우리가 글쓰기를 너무 심각하게 생각하지 않는 데서부터 시작된다.

우리는 글쓰기를 너무 심각하게 생각하지

1판 1쇄 발행 2021년 12월 20일
1판 4쇄 발행 2023년 11월 1일

지은이   정지우
펴낸곳   (주)문예출판사
펴낸이   전준배

기획·편집   고우리
편집   백수미 이효미 박해민
디자인   표지 일러스트: Yeji Yun / 본문: 김하얀
영업·마케팅 하지승
경영관리   강단아 김영순

출판등록   2004. 02. 12. 제 2013-000360호 (1966. 12. 2. 제 1-134호)
주소   04001 서울시 마포구 월드컵북로 21
전화   02) 393-5681
팩스   02) 393-5685
홈페이지   www.moonye.com
블로그   blog.naver.com/imoonye
페이스북   www.facebook.com/moonyepublishing
이메일   info@moonye.com

ISBN   978-89-310-2257-5 03800

문예출판사®   상표등록 제 40-0833187호, 제 41-0200044호